心からありがとう

心臓移植を希《ねが》った息子にかなえたかったこと

石川優子

はる書房

心からありがとう

目次

Ⅰ部

Ⅱ部

I 部

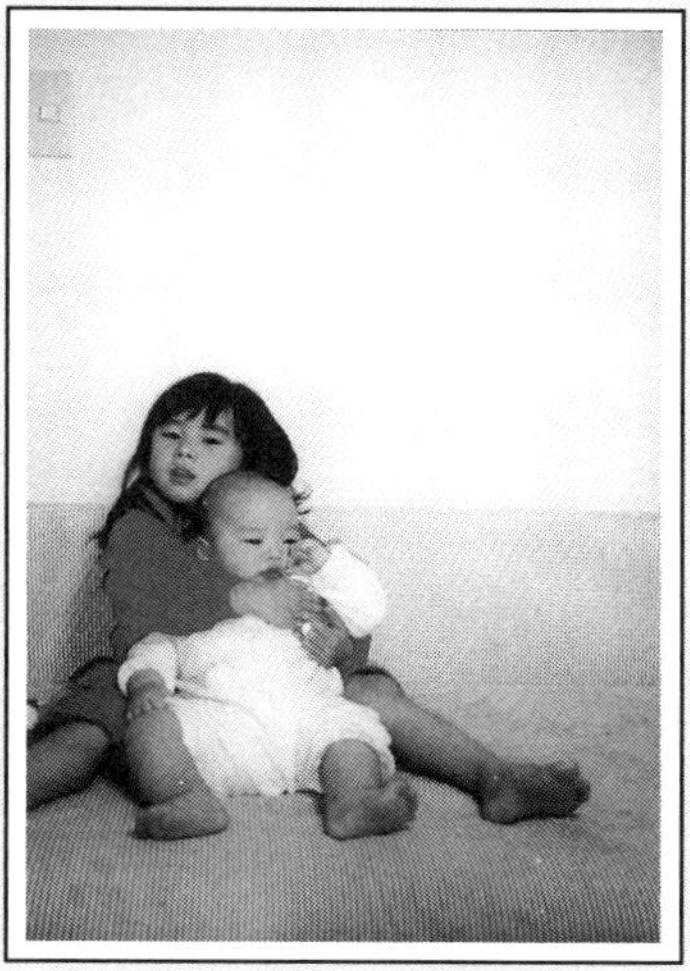

平成10年春、まだ肌寒い日が続いていた。私は第二子の定期健診で、産婦人科を訪れた。

『もうそろそろ、どっちかわかるころかな？』。今日あたり医師から男の子か女の子か伝えられるだろうと思っていた。しかし、私はわくわくという気持ちが少しも湧かなかった。

というのも我が家は女系家族。私の第一子も女の子、この私も妹と2人姉妹。私から男の子が産まれるはずがない——そう思い込んでいたし、なんとなく男の子のかわいさを感じていなかったのかもしれない。頭の中で色々考えていると、

「付いているみたいですね！」と医師。

「ええ、そんな。私に男の子ができた？　うそ！」

私はうれしさよりも、どうやって男の子ができたのかという、不思議さがいっぱいで、戸惑いを隠せなかった。

しかし、後にこれほどまで男の子がかわいいものかを、味わうことになる。そして、当たり前の生活、子どもの成長がどれほど難しく貴重で、奇跡的なものなのかを経験することになるとは、このときは思いもしなかった。

まして、「幼い子どもをなくした家族」になろうとは……。

世の中の親に、「この世で一番起こってほしくないことは？」と聞けば、ほとんどの親が、「自分より先に子どもを亡くすこと」と答えるだろう。

誕生そして成長

平成10年8月2日4000グラムの大きな赤ちゃんが誕生した。

石川家にとって待望の男の子となった長男は、丈一郎と命名された。主人が漫画『あしたのジョー』が大好きで、強い男の子に育ってほしいと願いを込めて丈一郎に決めた。

まだ、子どもがいない時の話――。

主人「男の子が産まれたら、丈一郎って付けようと思う!」

私「えぇ？　でも、わたし男の子たぶんできんような気がする。私も姉妹やし。

そしたらどうすると?」

主人「男の子ができるまで作る!」

私「じゃ、４人女の子やったら？」

主人「５人目をがんばる。男の子ができるまで、がんばる」

私「……」

この会話を思い浮かべながら、祖父が書いている命名の紙を眺めた。『これで、産むのは二人で終わってよかった』と、ほっとしたのを覚えている。

大きく生まれた丈一郎は、保育園でも頭一個分、みんなよりも飛び出ていて、いつも元気。「順調すぎる」と言えるくらい問題もなく成長していってくれた。

先生の話によると、子どもたちが遊んでいるところから、

「11時45分、もうすぐお昼かぁ」と、声がして、振り返ってみると丈一郎だったらしい。丈一郎が４歳の時ぐらいだったろうか。

「えぇ！　丈くん、時計読めると？」

先生が驚いて聞き返すと、

「うん、ぼく読めるよ！」

「誰が教えてくれたの？」

「わからん！　けど読めるよ」

もちろん親も教えてない。

「ちょっと、普通のお子さんと違いますもんね」

この頃から、よくそういわれた。

先生はいつも話してくれた。丈一郎は優しい子だからみんなに好かれるのだと。

「私たちも、同じ組のお友達も丈くんが、大好きです。特に女の子はみんな丈一郎くんが好きで好きでたまらなくて、誰が丈くんの横に座るのか毎日大変なのですよ」

私も丈一郎が大好きで、男の子を授かったことに戸惑っていたのが信じられないようにかわいくて仕方がなかった。『なんで、こんなかわいい男の子が生まれたのだろう。強烈にかわいい。もうはえている髪の毛一本もかわいい』。

しかし、かわいく思う一方、この頃私は母親の勘というか、何かおかしいと胸騒ぎを感じていた。

――ここまで子どもってかわいいものなのか？　私は異常じゃないだろうか？

今思えば、このときから漠然と何かあるのを「予感」していたのかもしれない。

　年長を迎えた春、園長先生が保育園で、柔道を教育の中に入れてくださった影響もあって、隣町にある広川柔道教室に通うことにした。そこで、体格を生かして、本格的に柔道に取り組むことにした。

「息子と同じ畳の上で、練習の厳しさや、痛みを教えてあげたい」と主人も共に道場で練習に励み、自宅にも柔道用の畳を敷き、夜遅くまで練習していた。

「今、ケンカの仕方を知らない子どもたちが増えている。痛みの限度がわからないと大変なことになる。その延長線上に殺人や、人を凶器で傷つけたりといったことになる。痛みを教えなければ」

　そう主人はよく言っていた。

　丈一郎は小学校に上がる前ではあったが、指導してくださる先生の言うことを理解し、きつい練習や筋力作りもこなしていった。時には泣きながら、時には笑いながら、体を身軽にちょこちょこと動かしていた。

７歳の頃、柔道の試合で

突然の発病

小学校に入学した平成17年4月、心電図の検査があった。異常があり、結局2次検査まで進んでしまったが、その時は心臓が悪くなるなど、思ってもみなかった。

医師は、そんなに問題があるようでもなく穏やかに言った。

「(心臓)弁《べん》に少し異常が見られますが、運動も制限する必要ありませんよ」

私はほっとした。でも、何か安心できないまま、そこを後にした。

それからは何事もなく過ごした。食欲もあり、毎日元気に学校に通い、お友達と走りまわっている姿に心臓のことはほとんど気にしていなかった。大きな病院で検査を受けたばっかりだったのだから。

そんな普通な、今思うと奇跡の日々を送っていた12月初旬、柔道の練習中に、

「丈一郎くんが、胸が痛いといって、休んでいますから」と先生から連絡が入った。いつも私は練習を見学しているが、その日は仕事が忙しく、その場にいなかった。主人と二人で迎えにいくと、丈一郎は座って見学していた。

「もう、治ったよ」

「良かった〜。もう、びっくりした」

私たちは胸をなでおろし、その日は連れて帰った。しかし、その日を境になんとなく丈一郎の体調がすぐれなくなった。翌日は、朝5時ごろにはもう起きていた。

「もう起きたと？」

「うん、テレビ見たかったけん」

食事をしてもよく吐くようになった。体はひとまわり大きくなった。体重も増えた。病気を経験した今だからわかったことは、心臓がうまく機能していないため、体の循環が悪くなり水が溜《た》まって体重が増え、心臓に負担がかかり仰向けに寝るのが辛くなり、熟睡できていなかったのだ。

その時はまさか重い病気が進行しているとは考えてもみなかった。

学校を休んでいたその日、私たちはいつものように仕事をしていた。主人が部屋に入るなり、すごい顔の丈一郎を目にしたのだ。朝とは別人のように顔が腫れあがり、目の周りは殴られた後のように黒ずみ、じっと横になりテレビを見ていた。「丈一郎が大変！」と顔色を変え、叫びながら主人が階段をかけ下りてきた。私は慌てて近くの聖マリア病院に車を走らせた。

病院について安心したのか、丈一郎は駐車場から一歩も歩くことができなかった。私は必死で30キロはある丈一郎を背負って、受付までの距離を急いだ。受付では、「11時30分までの受付です。今33分なのでもう診察できません」「そんな〜、この子を見てください。普通じゃないんです。何とかお願いします」

私は、何度も頭を下げ頼み込んだ。すると、受付の若い男性が「それじゃ、11時30分前に着いていたようだけど、迷われて今になってしまったようです。と嘘をついておきますから、すぐ外来に行ってください」と言ってくれた。

「ありがとうございました」

そうお礼を言い、小児外来へ急いだ。

『この時、受付の男性の臨機応変な対応がなかったら……』。そう考えると、本当に運が良かったと思う。受付をして順番を待っている間も、丈一郎は普通にゲームをしていた。私もあまり不安を抱くこともなく、診察室のソファで待っていた。

尿検査の結果が出て、診察室に呼ばれた。めがねをかけた30代の医師から、思いもしない言葉が出た。

「尿たんぱくが異常に高いです。ネフローゼ症候群*です。原因は不明ですが、症状で判断します。すぐに入院です」

入院しなければいけない病気になっているなんて、考えもしなかった。私は驚きのあまり、

*血液中の老廃物は、腎臓の中の糸球体《しきゅうたい》でろ過され取り除かれる。ところが、糸球体に障害がおこると、多量のタンパク質が漏れて血液中のタンパクが減少し、むくみなどを引き起こす。まぶたの腫れ、手足のむくみ、腹の張った感じなどの症状があり、腎機能の低下が進むと尿毒症となる。

「なんでうちの子がそんな病気に……。しかも入院なのですか?」と問いただし、医師を困らせた。そして、以前から心臓も気になっているということを告げると、循環器の専門医の先生が慌てて降りてきてくださった。

20代後半の天然がかった髪型がかなり印象的な、背が高くがっちりとした無愛想な雰囲気だった。ありがたくも小児循環器の医師である。大人の心臓と違って子どもの心臓は、成長過程であるため、治療など様々な面で難しいそうだ。丈一郎の心エコーの映像を見ながら、工藤嘉公先生は首をかしげ、表情は険しかった。

この子がどうなっているのか、どうなって行くのか——私は不安に押しつぶされそうになったが、不思議と冷静だった。工藤先生は「腎臓よりも、心臓の治療のほうが先です」と告げた。

ネフローゼ症候群という聞きなれない腎臓病でも驚いたのに、それよりも緊急を要する心臓の状態に愕然とした。そうして丈一郎の入院と病気との闘いが始まった。それでもこの時点で、まさか死を招くことになろうとは、誰も想像さえしていなかった。

ＩＣＵでの治療開始

その日から小児ＩＣＵでの観察および治療開始となった。広いフロアに20台ほどのベッドが置かれ、奥には保育器が並べられていた。丈一郎の周りのほとんどが、重度の障害を持っている子どものように見えた。

それまで私の子どもは２人とも健康で、重病になった経験がなく、私は「色々な子どもがいる。うちは恵まれていたのだな」と気づかされた。

丈一郎は心臓の周りに水が溜まって、心臓の動きが悪いため、まずは体に溜まった水分を抜くために利尿剤《りにょうざい》を点滴することになった。口から入れることのできる水分は、わずか50シーシー。スポイトのようなもので口を潤すだけだった。診察を待っている間は、普通にゲームをしていたのに、今は呼吸をするのもきつそう。異常なほど肩が上下していた。（こんな状態でどうなっていくのか……。もっと楽にならないの？）。

しかし、私には隣で励ますことしかできなかった。

——こんなに悪くなっていたなんて、何でもう少し疑って早く病院に連れていってあげなかったのか。

私は仕事ばかりを気にして、子どもに目を向けていなかったのではないかと悔やんだ。自分を責める中で唯一救いだったのが、数ヶ月前に検査を受けていたということだ。そうよ、この前まで大丈夫だったもん……。

私はすぐにでも現実から逃げ出したかった。どこか他の家の子どものことであってほしかったのかもしれない。自分を慰めるためにそう言い聞かせた。

工藤先生の話によると、ネフローゼ症候群によって急激に心臓の周りに水がたまって、急性心不全に陥ってしまったということだった。つまり同時に2つの病気になってしまったということだ。

工藤先生に「こんなことが起きるのはよくあることですか？」と問いかけると、

「運が悪かったとしかいいようがありません」となんとも気の毒そうに言われた。

病気になって気の毒な患者をいつも見ている医師から、そんなことを言われ、本当に運が悪いと落ち込んだ。

次の日の夜に病院から、「丈一郎くんの容態があまりよくないので、ＣＣＵ（心臓病患者専門の集中治療室）に移します。今から来ていただけますか？」との連絡が入った。すぐに病院に向かったが、私たちはどうやって病院まで着いたかわからないほどだった。

大静脈から管を入れ、そこから心臓へ直接強心剤《きょうしんざい》の薬を入れるとのことだ。血管からの点滴では間に合わないことを意味していた。危険な処置のため全身麻酔で行われた。

２時間してＣＣＵの中へ案内された。そこには麻酔から目覚めたばかりで、意識も朦朧《もうろう》としている丈一郎がいた。心不全のための苦しさと、体内から水分が急激に抜かれたためか、かなり衰弱していた。私はそんな丈一郎を見て、息苦しくなった。説明を受けるために狭い部屋へ案内された。

「今は急性心不全の状態で、心筋炎《しんきんえん》といってウイルスの影響が考えられます。もしそうだったら2週間ほどで状態は治まるでしょう。しかし、そうでない場合、拡張型《かくちょうがた》心筋症《しんきんしょう》の疑いが強くなります。原因は今のところ不明で、治療法はなく、最終的には心臓移植しか救う方法はありません」

——医療の進歩が目覚ましいと言われる今の時代でも、治療法がない病気があるなんて……。原因不明だなんて、ちっとも医学は進歩していないではないか。

私はそう強く思った。その時点で、厳しい法律のもと、移植医療が思うようにできない日本の事情など思いもしなかった。

「最終的に本当に悪くなった人がそうなるのだ」と、その程度に考えていた。それよりも丈一郎が心配でかわいそうで、早く今の危機を脱出してほしいと願うだけだった。

CCUの中にいても、丈一郎が子どもという理由で、私たちは1日に何度でも出入りしてもよいと許可がでた。

「このまま丈一郎を弱らせるわけにはいかない、まず口から食べさせなくては……」。主人と私は交代で病室を訪れた。とにかく必死だった。

食事といっても腎臓病食のため、塩分、水分はかなり抑えられている。もちろん味噌汁など付いておらず、おかずといえば冷奴や野菜のゆでたもの、魚肉類といえば、ただ焼いたり蒸したりしただけで、味などこれっぽっちも感じられなかった。

「こんな食事をどうやって、おいしく食べさせたらいいのか」。私たちは、ふりかけも醤油《しょうゆ》も許されないまま、何とか食事を口にさせた。

数日後、腎臓の薬でプレドニンというステロイド剤を飲むことになった。その副作用として食欲が増進され、まずい腎臓病食とは思えないほど食べきるようになった。

ネフローゼのほうはかなり薬の効き目がよかった。順調に快復に向かったが、再発の可能性が非常に高いらしく、半年間を目安に薬を続けることになった。

しかし、心臓の回復はなく、「拡張型心筋症」の診断が下された。

忍び寄る不安

拡張型心筋症の治療は、対症療法しかないものの、十数年前にβブロッカーという薬が発明されていた。その薬は心臓を休ませながら負担を軽減する方法である。一昔前までは、動きの悪い心臓を動かそうという考えであったが、効果があまりなく、逆転の発想でこの薬が開発され、飛躍的に死亡率が下がったとのことである。

しかし結果的に丈一郎には、この薬が効かなかったのだろう。効いた患者は発症してから15年近く経過した方がいるという話を聞いたことがある。成長過程にある子どもの心臓においては、がんと同じで病気の進行も早く、薬の効果が現れにくかったのかもしれない。

しかしこの時は、この弱々しい心臓とうまくつきあっていこう。成長とともにきっと回復するに違いない。今を乗り切れば薬も効いてくるだろうし、きっといい治療法が出てくるに違いないと信じていた。

丈一郎も心臓の回復ははかばかしくないものの、体調は除々に良くなり、ベッドの上で起き上がったり、看護師さんと話をしたり、ビデオを観たり、カードで遊んだりできるようになった。時には、柔道でいつもやっていた足の運動もできるようになるまで回復した。

回復したとはいえ、以前のような元気な丈一郎に戻ることはなかった。ベッド脇に用意されたポータブルトイレで、少し力んだだけで、ぐったりと疲れてしまった。

私の口癖も、「丈くん、きつくない?」だった。何をするにも、じっとしていても、私はその言葉ばかりかけていた。本人はそれがすごく嫌だったようだ。

ある時、いつものように「丈ちゃん、きつくない?」と私が聞くと、「うん、今日は楽」と答えた。その時、私には「楽」という言葉が胸に響いた。

『楽って、こんな小さな子から出るとは……』。丈一郎の今までのきつい状態を、一言で表現した言葉だった。私は返す言葉に詰まってしまった。

年も明け、平成19年1月の中旬、丈一郎はなんとか退院することができた。「家に帰ったらまず〝年越し〟そばを食べる。それとリンゴの丸かじり」。それが丈一郎が自宅に戻って一番にしたいことだった。退院するときの説明では「塩分、水分制限はありません」とのことだった。

私は家族揃った喜びでうれしくて、『当たり前の生活がこんなにも幸せなことなのだ』と実感した。そして、腕を振るって、遅い年越しそばをこしらえた。

その時の、丈一郎の様子は今でも目に焼きついている。赤いトレーナーがとても似合っていた。顔はステロイドの副作用でふっくらとしていて、さらにもうひとつの副作用として、体全体の毛が濃くなっていた。背中のうぶ毛も渦を巻くように生えていた。

「もう一杯おかわりしていい?」

2杯目もペロリと完食した。

「良かった」。思いはその一言につきた。

——こんなにかわいい子を授かったんだ。大事に大事に育てていこう。心臓が悪くてもゆっくりと生活して、できることを見つけて頑張っていこう。食事も塩分を控えめにしよう。

主人もゲームやカード、ＤＶＤなど丈一郎のほしそうなものを買ってきていた。

それから、心臓病との生活が始まった。毎食後６種類の薬を飲まなくてはならない。定期検診では２週間分の薬をもらうので、買い物をしたときのように、両手に大きな袋を下げて帰った。調剤薬局で待合室の人の目がすごく気になった。それと同時にその薬の量が丈一郎の重症度を物語っていた。

次第に家での療養生活にも慣れてきた。丈一郎の入院と冬休みがちょうど重なっていたので、

「良かったね。丈ちゃんが入院している間は、お友達もお休みだから、あんまり差がつかないけんね」

安心させるように伝えた。それに対して、

「うん、僕みんなより勉強進んでるけん、かなり休んでも大丈夫よ～」

と、自信たっぷりに答えた。「どうしてそんな自信が湧いて来るの？」と聞きたかっ

た。

実は丈一郎は将来、医師になるのを目指して、1年生の頃から、進学塾に通っていた。私立小学校などの常に訓練を受けている子のなかで、なかなか良い成績をあげていた。

主人も「俺から、どうしてこんな優秀な子どもができたのか?」と不思議がっていたし、嬉しさも期待も大きかった。入院する前から、3年生の勉強に入っていて掛算も九九ではなくインド式掛算、19×19が最後まで言えたほどである。

丈一郎は最後まで勉強に対して自信を持ち続けることができた。低学年の塾通いには批判もあるが、「僕は、学校に行かなくても勉強は大丈夫」という安心感につながったのでよかったと思う。この年齢にしては、かなりの学力を取得して旅立ったのだ。きっと今は、天国で大いに活用していることだろう。

退院して3週間が過ぎた2月の検診の日。

「丈一郎くん。学校行って見るね?」と工藤先生が言った。

「えっ、行っていいんですか？　良かったね～。丈ちゃん」

丈一郎も嬉しくてたまらないといった表情だった。これでやっと普通に戻れる。心の底からほっとした瞬間だった。しかし、学校に通えたのは、たった4日間だけだった。しかも、4日間ともすべて保健室から電話がかかってきた。

急に吐いたり、疲れたりが多かった。心配して迎えにいくと、けろっとして、「お母さん、来たと？」と不思議そうに答えた。

4日目には登校中に学校前の歩道橋でうずくまって座りこんでいたらしい。たまたま保健室の先生が通りかかって見つけてくれたため大事にはいたらなかったが。

今も、当時を振り返ると、母親として「もう少し深刻に考えていればもっと長く生きられたかもしれない」という思いで胸が締め付けられそうになる。

でも、薬もきちんと飲んでいたし、食事にも気をつけたし、病院の先生の言うとおりにしたし……。

病気を理解した今だからこそ後悔する気持ちもある。

――ああ、あの時もっとこうしていたら、もっと命が延ばせたかもしれない。……

ごめんね、あの時は精一杯のことをしてたんだよ。わかってね丈ちゃん。

こうして文章にすることで、そのときの辛い記憶がよみがえってくる。でも、丈一郎はもっともっと辛かったに違いない。私が辛さや悲しさを乗り越えて書き綴り、丈一郎の頑張った姿をみんなに残してあげることが、母親である私のできることなのだと思う。

緊急入院と娘の中学入学

3月5日、この日から久留米大学病院で診てもらうことになった。小児科医不足で、聖マリア病院の小児循環器の工藤先生だけでなく、久留米大学病院の先生も一緒に診ていただけることになった。だから、両方の先生に丈一郎のことは把握されていた。

担当医は、須田憲治先生。40代後半の品のある紳士という印象だった。3年前に関西の病院からヘッドハンティングされた優秀な方らしい。

前の日の夜に少し吐いたのが気になったが、いつもと変わらず血液検査、心臓エコー、レントゲンと一通り検査が終わった。かなりの時間待たされて、突然須田先生が、顔色を変えて私たちを呼んだ。

診察室に入るなり主人に、

「お父さん、このBNP数値、悪いわ！」

私は須田先生のただ事ではない言い方におびえた。その関西弁が余計に恐ろしく響いた。

ＢＮＰ数値というのは、心臓がどれくらい負担を受けているのかを表す。普通の人で０から20くらいで、２００くらいになると、手術を考えるらしい。それが丈一郎の場合、３９００もあるというのだ。普通だったらベッドの上で呼吸するのもやっと、点滴につながれて、瀕死の状態だそうだ。

「きょとん」とした丈一郎を見て、医師は信じられない様子だった。須田先生は、

「ごめんな、丈一郎くん。また、入院せなあかん。今、君に何かがあったら、先生もお父さん、お母さんも、悔やんでも悔やみきれんからな。急いでベッド探すわ」と先生は申し訳なさそうに言った。

丈一郎は悔しさを隠しきれず、座っていた椅子を蹴りまくった。

ベッドを用意されるまで、私たち家族は呆然と待合室のソファに座りこんだ――こ

れからどうなるんだろう。退院してまだ1ヶ月半しかたってないのに。

以前の入院のときと比べて、緊急を必要とした感じは見られなかった。私は「緊急じゃないみたいだから、たいしたことないや」と勝手に思い込んだ。しかし、今回は拡張型心筋症の慢性心不全であったのだ。聖マリア病院から退院したときよりも心臓の肥大も進行していた。

入院手続きを済ませると、東病棟の5階にある小児病棟へ向かった。3人部屋の窓際のベッドに案内された。病棟では循環器の若い医師が2人で待ち構えていた。

ベッドに座って平然とゲームをしている丈一郎を見るなり、医師は驚いた。

「心臓のデータの様子から、どんなにひどい状態の患者さんが来るかと思ったら、えっ、ゲームしてるんですか?」

点滴やいろんな事態に備えての準備をしていたらしい。外来で見ていただいた須田先生も驚かれていたように、そのときの丈一郎の心臓の状態と症状がかけ離れているため、データか自覚症状かの見極めは最後まで治療する医師を悩ませることになる。

おまけに、「お腹すいた。昼も食べてないけん」と言うと、用意されていた食事をす

べて食べた。しかも大人食を。それを見た、２人の若い医師たちも、

「点滴も必要ないようですね」

と呆れたような安心したような口調で部屋を後にした。

その医師の話によると２週間の入院予定ということだった。心臓の周りの水を抜くことにより負担が減り、ＢＮＰ数値も下がってくるとのことだった。

この入院のもう１つの目的は、薬のコントロールである。特に手術のない内科は、薬の「さじ加減」が重要である。丈一郎にぴったりの量を見つける意味もあった。

「入院、２週間くらいだって」

主人も私もこの４月から中学校にあがる娘、しょうこのことが気になっていたのである。

朝の準備やお弁当など慣れるまでに大変になるのがわかっていたし、入院となると母親が付き添いをしなければならない。２週間の入院なら、中学校の入学に間に合う。

主人と私はほっと胸をなでおろした。

この日から１日の水分量は８００シーシーに制限された。水分を摂《と》ると血液の量が

増え、そのため全身に血液をめぐらせる心臓の仕事量も多くなる。少しでも心臓の負担を少なくするように水分を制限するのだ。特に循環器病は薬の量が多く、薬を飲むのに大量の水分が必要で、自由に飲める水の量は少ない。

薬も新たに追加され、10種類もの薬を飲まなければならなくなった。その中には、体に水分が溜まらないようにするための利尿剤も含まれており、副作用として喉《のど》の渇きがあった。ただでさえ飲める量が制限されているのに、副作用による喉の渇きが出るのは辛いことだった。

入院してから5日後、10日後と、血液検査をするたびにBNP数値は1000ずつ下がっていき、先生の計算通りに投薬の効果は現れていった。

須田先生は、「ええぞ。ええぞ」と気合を入れているようだった。

丈一郎も「うん、楽!」と嬉しそうに答えていた。

「丈ちゃん、次の検査どのくらいまで下がっているかな?」

「千ぐらい!」と2人で想像しながら話していた。

入院2週間後、そろそろ退院の日が近づいているというのに、若い主治医はなかな

か検査結果を持って現れなかった。偶然見かけた私は駆け寄り、
「先生、今回のBNPどれくらいに下がっていました？」
主事医は言いにくそうに「3200」と告げた。私が「ええー、何で元の数値に戻ってるんですか？」と詰め寄ると、若い主治医は「わかりません……」と答えるだけだった。

大学病院の印象は、初めナースステーションを見たときにたくさんの医師がいたので、とても安心感があった。でも、ほとんどが後期研修医*である。その上に少し経験の長い医師が指導の役目をしており、さらにその上に専門のベテランの医師がいるという体制だった。

経験の浅い後期研修医が主治医と呼ばれる。そのため専門的なことを主治医に聞いても「わかりません。○○先生に聞いてからお答えします」という返事が返ってくることも多い。だから「大学病院＝医師の数が多い＝安心できる」とは限らないというのがこの入院で感じた私の印象である。

また振り出しに戻ってしまったという落胆の気持ちと、こんなに安静にして、水分

制限もして、新しい薬も服用しているのに、なぜ一向に改善しないのかと不安になった。丈一郎が深刻な病状であるということは医療に素人である私たちにも理解できた。

その夜、須田医師から病状経過と今後の治療計画の説明があった。主人と私は何を言われるのかと緊張しながら、カウンセリングの部屋へ入っていった。

「丈一郎くんのＢＮＰは正常な人の２００倍あります。それだけ心臓に負担がかかっていることになります。新しい薬を使ったので、通常だと数値は下がっていくのですが、丈一郎くんの場合は、回復が見られません。

もう最大限に薬も使っています。このまま移植に向かう可能性が高くなってきました。移植を行う病院にデータを送って、こういう患者さんがおられますということで、

＊２００４年４月に導入された、新しい医師養成の制度であり、初期研修２年と後期研修の３〜５年に分けられる。初期研修では、幅広い診療能力の習得を目的に、内科・外科・救急部門などの各科をローテーションするが、専門課程の後期研修では各専門科ごとに分かれ、専門医になるためのトレーニングを積む。

連絡しておきます」とのことだった。

私たちはすぐには信じることができなかった。丈一郎はどこからどう見ても、移植が必要な状態には見えなかったのだから……。医師はどちらかというと、もしものときを想定して状態をひどく言うというのをよく聞いていた。実際看護師さんも説明してくれた。

「病院でそういうふうに、決められているのです。仮に1％でも可能性があったら、家族に伝えておかなければならない義務があるんです」

きっと大げさに言っているのだと思いたかったが、丈一郎の退院の話はどこか遠いところへ行ってしまった。

そうこうしているうちに、しょうこが中学の入学を迎えた。普通だったら希望でいっぱいのはずなのに、親は丈一郎のことで頭がいっぱいだ。

——お姉ちゃんには心配かけないようにしなきゃ。丈一郎が大変だからとはいえ、お姉ちゃんには彼女自身のこれからがある。彼女に対しても、親としてきちんとやるべきことをしてあげなければ……。

そう強く思ってはいたものの、なかなか気持ちを切り替えることなどできるものではない。結局、生活のほとんどを、中学に上がったばかりの娘はひとりでやることになる。

娘はテニス部に入部し、早朝練習があるので、早起きして自分でお弁当を作った。体操服も洗濯した。ご飯も自分で作った。私は娘をこんなに自分でなんでもできるように育てたつもりはないのに、本当によくやってくれたと思う。家では父親と2人の生活だったが、反抗もせず、とても仲良く暮らしていた。

学校でも問題はなく、友達にも人気があったそうだ。娘は意志が強いというか気が強いほうで、親の心配をよそに中学生活を楽しんでいた。しかし、実際はかなり寂しい思いをしていたと思うし、弟のことも心配していたに違いない。

きょうだいの病気や入院で残された子が、心の病になることがあるという話はよく聞いていた。カウンセリングを受ける子どももたくさんいるという。そんな話を聞くと、彼女のがんばりに私たちはどんなに助けられたことか。

出会い、そして別れ

娘の心配より、どうしても私の気持ちは丈一郎に向いてしまう。命にかかわる事態になってきているような気がしてならなかったからだ。その不安を掻き立てるように、同室の子どもたちは変わるがわる退院していった。私と丈一郎は何人も見送った。

しかし、丈一郎にとっていい出会いもあった。中学2年の啓介くんが入院してきたのだった。

心臓がやはり悪いと聞いただけで、私はすぐに親近感が湧いてきた。啓介くんのご両親は私たちよりずっとずっといろいろな経験をされている。そのためか、私たちが抱く不安や疑問に対して、看護師さんよりも誰よりも一番説得力のある答えを出してくれる。そのおかげで、安心できたし、共感することもできた。

啓介くんも子どもなのにとても人を惹き付ける魅力があり、丈一郎もいっぺんに心を開いた。暇だった病院生活は一変、ほとんどが啓介くんのベッドにお邪魔して、しまいにはそこで昼寝をしてしまうほどになった。

何日か経つと、その楽しい部屋の雰囲気を感じてか、一番奥の部屋から小学6年生の勇也くんを看護師さんが連れてきた。彼もひとりでとても退屈していたらしい。

勇也くんは自分の病気をきちんと受け止め、「何で俺が病気なのかと思った」とあっさり話すのだ。自分の受けた検査の内容やその感想、絶食のことなど、とても素直に私に話してくれる。その明るく軽快な口調に、苦しかった時の話さえ時折笑ってしまうほどだった。

なんて素晴らしい子どもたちなんだろう。丈一郎にもきっと良い影響を与えてくれるはず――ありがたくてたまらなかった。

数日経って真ん中のベッドが空いた。その日の夕方小学5年生の翔大くんが入院してきた。翔大くんも心臓が悪いとのことだった。自由奔放な性格で、その天真爛漫さに頭が下がる思いだった。3人部屋はすべて心臓病の患者となった。でも丈一郎が断然疲れやすく、弱っているように見えた。

病人とはいえ、遊び盛りの男の子4人勢ぞろいになったものだから、それはそれは大騒ぎ。小さい子どもがいなくなったプレイルームは野球場になった。丈一郎も3人のお兄ちゃんも大の野球ファンだった。そんな3人に丈一郎も必死でついていき、休みながらも楽しくて仕方がないようだった。

時には夜までトランプやゲームではしゃいでしまい、「要注意」の部屋となってしまったこともあった。私はこの出会いは偶然ではなかったと思う。出会うべくして出会ったのだろう。

翔大くんとは年も近いせいか、よくケンカもした。あるとき、「静かになったな～」と思っていると、取っ組み合いのケンカが始まっていたのである。私は必死に止めた。それと同時に「2人ともどっからこんな力が出るんだろう。健康な子どもならわかるけど…」と妙に感心したのだった。

そんな様子を見て、何だか安心してしまった。こんなこともまだできるんだ、と。

ところが騒ぎを聞きつけてやってきた先生が、

「2人とも血液さらさらのお薬を飲んでいるんだから、蹴っただけでも内出血するよ！」

と言った言葉に私は急に怖くなり、その晩は心配で眠れなかった。心臓の状態からすると点滴なしでは動けないはずなのに、丈一郎は遊んだりケンカをしたりしているのだから、主治医も驚いていた。今思うと丈一郎は潜在能力で身体を維持していたに違いない。

丈一郎にとってはきっといい体験だったろうし、思い出として強く残っているだろう。はしゃぎすぎて疲れてしまったときもあったけど、私は後悔していない。

4人での入院は1ヶ月ほどだったと思う。当初は「1ヶ月も」と思えたが、予期せぬ長期入院になった丈一郎にとっては、「ほんのしばらく」のことだった。結局仲間になった全員を見送ることになった。その時の寂しさといったら……。幼い丈一郎にとってあまりにも辛すぎただろう。

私は毎晩いったん家に戻って、夜8時ごろにまた病院にやってきていた。丈一郎は私が来るのを心待ちしていた。まだ動けていた時、丈一郎はプレイルームでみんなと

トランプで遊んだりしていた。みんなが、私が来たのを見て、

「お母さん、来たよ。早く行ったら？」

と言ってくれたのに、照れ屋の丈一郎はわざと興味のないそぶりを見せていた。本当に偉かったと思う。

Ⅱ部

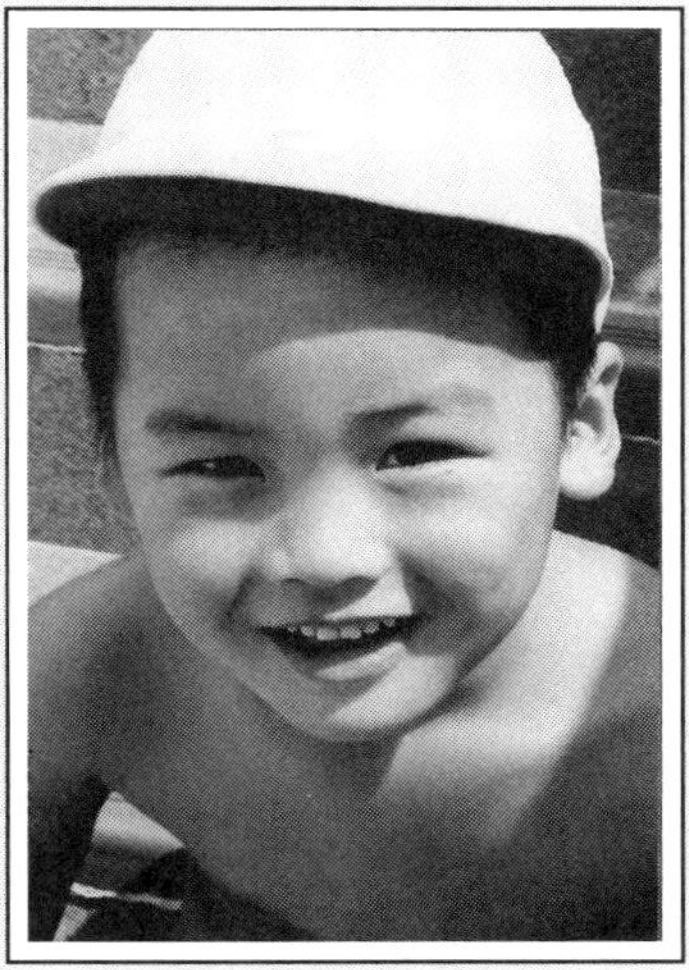

福嶌先生との出会い

一向に改善が見られず、自分の病状は本人が一番わかっていたはずだ。元気に退院していく仲間を目のあたりにして、どんな気持ちだったろう。寂しさ、辛さ、悔しさ、苛立ち、押しつぶされそうな不安、恐怖心、絶望感……。どう乗り越えていったらいいのか、子どもなりに苦しんだに違いない。1日24時間を必死に耐えていた。普通なら、大人でも精神的にまいってしまっただろう。

それから約1ヶ月経った4月、思いがけず退院の話が出た。

須田先生は「今しかお家に帰れないかもしれないから……」と強調した。

『また先生、悪く言って……。何でそんなひどいこと言うのか……』。先生の一言は、退院できるという私たち家族の喜びを打ち消した。今はその時の先生の言葉の意味がよく理解できる。

退院の話が出て先生がたと何度か打ち合わせしていた頃、あるひとりの心臓血管外科医の先生との出会いがあった。大阪大学医学部付属病院教授、移植医療部副部長、福嶌教偉《ふくしまのりひで》医師である。

日本の心臓移植の第一人者で、国内で行われている心臓移植の多くに関わっておられ、全国を飛びまわっておられる。脳死下の提供があるとの情報が入れば、数時間以内にそこの病院にたどりつかなければならないという。俗に言うスーパードクターだ。「拡張型心筋症の専門医」と言っても過言ではない。

そんな神様のような存在の先生が、福岡に近々来られるという。その際、わざわざ久留米まで出向き、丈一郎を診察してくださるのだ。まさに奇跡の出会い、そして奇跡のタイミングである。あと数日ずれていたら丈一郎は退院していたのだから。

運がよいといって喜んでばかりもいられなかった。福嶌先生は何といっても「移植医」である。その先生が診察するということは、移植の必要性があるということを意味していた。須田先生も移植を視野に入れておいたほうがいいだろうと判断されたのだった。

福嶌先生に診察していただいて、どの段階に今の丈一郎があるのかを判断されるのが怖かった。また、移植をしなければならないと言われたらと思うと不安でならなかった。移植＝死ぬ、みたいなイメージをもっていたので。

しかし、福嶌先生に診察していただけるのは、ラッキーであることは間違いない。全国から福嶌先生のもとを訪れる患者と家族が後を絶たないほど人気の先生なのだ。

5月の下旬、初めてお会いした時の印象は、高い地位にあることをまったく感じさせない、気さくな飾り気のない雰囲気であった。忙しすぎて自分に目を向けている暇がないといったほうが当てはまるかもしれない。

久留米大学病院の医師何人かを伴って、丈一郎の部屋に入ってこられた。ベッドに横になった丈一郎に福嶌先生は、関西弁で、

「ごめんな。ちょっと診察させてくれるか？」と、優しく言った。

少し聴診をして、手足をさわった。

「ふん、ふん」

深刻な表情ではなかった記憶がある。そうして、「入院どうかな？　何が一番いやかな？」と聞いた。丈一郎は、「暇すぎて、全部つまらん」と答えた。

「そやな～」と同情したように言った。

その後私たちと先生数名で、福嶌先生の判断を聞き、今後の対応を話し合う場が設けられた。私は「もうだめです」とか言われたら、どうしようとか悪いことばかり考えていた。

福嶌先生は、丈一郎のレントゲン写真を診ながら説明してくださった。

「私が診る限りでは拡張型心筋症に間違いないと思われます。しかし、今の丈一郎くんの状態は、移植に向かうか、回避できるかぎりぎりのところで、どっちに転ぶかわからない段階にあります」

この時点で私が想像していた最悪の話ではないことに少し安堵した。

「移植になるかならないかは、水分制限にかかっています。極度の水分、塩分制限で、快復に向かうかも知れません。ＢＮＰも次第に下がってくることも期待できます。

どうですか、もう何ヶ月間か、腰をすえて頑張ってみませんか？　これから暑くなって、彼が隠れて大量の水分を摂取したら、命に関わってきます。この病気の方には夏は入院していただいています」

須田先生も横で、強くうなずいていた。

食事と水分のさらなる制限

私たちは、もう十二分に頑張ってきた丈一郎に、さらに制限を課することは厳しすぎるのではないか…と迷った。でも、それで快復の可能性があるのであればと、退院をあきらめ、しばらくやってみることにした。その日から、水分500シーシー、塩分5グラムの苦しみの日が始まった。

食事も腎臓病食に変わった。そのことを丈一郎に告げると、

「え～」、力が抜けてしまったかのような返事だった。

最初は涙ぐんでいたが、すぐに納得したのか、諦めたのか、何も言わなくなった。小さい頃から、泣き叫んだり、だだをこねたりするということがまったくない子だった。

普通の子どもだったら、こんな状況では「お母さん、ぼくはいやだ。お家に帰る！」などと言って、親を困らせただろう。そういう子どもらしくない、自分の気持ちを押し殺して耐えてしまう性格が、余計にかわいそうに思えて仕方がなかった。幼い頃から周りの空気を読みすぎるところがあったと思う。

普通の食事から腎臓病食への内容の変わり方はすごかった。腎臓病食を見て、「食べるものがない」の一言。

思いっきり遊びたくても心臓が悲鳴をあげてしまい、自由に動きまわる力もない。入院生活で楽しみといったら、食べたり飲んだりすることのはずなのに、それさえもなくなってしまったのだ。

小児がんの子どもたちさえ、私はうらやましくて仕方がなかった。

長期入院しているけど、身体の自由は利くじゃない、走りまわれるじゃない――なんて心の狭い、最低なことを考えているのかと、自己嫌悪に陥ることもしばしばだった。

どんな病気でも大変なのはわかっている、病室の子どもたちを上辺だけで判断しても意味ないこともわかっている。丈一郎よりもっともっと辛い思いをしている子がいる……。そう頭ではわかっていたものの、そのときは丈一郎が世の中で一番かわいそうに思えてしかたがなかった。

一方で、「心機能の回復の可能性」に賭けた親も先生も気合が入っていた。入りすぎていた。強い制限が開始され、1週間ほどしてから丈一郎の容態が急に悪くなった。急激な疲労感、手先のしびれの症状を訴える。しまいには、「うわ〜」と叫び、入院生活で初めての涙を見せた。とても我慢できないようだ。私は何がどうなったのかわからなかった。先生がたも、「丈くんが泣くなんて、ただ事じゃない」と慌てていた。一般の部屋では対応できないので、個室にベッドごと運ばれた。

しかし、心電図、エコーも変わりはなかった。何が起きたのか。そうこうしているうちに、症状がおさまってきた。血液検査の結果、極度の水分制限による「脱水症状」だった。

水分制限が厳しくなる中、服用している利尿剤の量は同じだったため、必要以上に水分が尿として排出されたのだ。そのため血液の量が極端に減ってしまい、心臓の仕事量が少なくなりすぎて、心臓が空打ちしてしまったのだそうだ。

そこで利尿剤の量を加減することになった。おまけに利尿剤で身体のナトリウムやカリウムが排出され、低ナトリウム血症にもなっていた。めまい、ふらつき、疲れやすい、頭がボーっとするなどのような症状である。点滴から塩分を補充することになった。

制限がきつすぎても、ゆるすぎても体調に影響するため、私は訳がわからなくなった。バランスのとれた一番よい状態を維持することは本当に難しかった。先生もそう思っていたに違いない。「医者のさじ加減」とはよく言ったものだ。薬の量で良くも悪くもなるのだから。

院内学級

7月に入り、長期入院が確実となった丈一郎は、院内学級に行くことになった。入院してからすでに4ヶ月が過ぎていた。それまでも周りからかなり勧められていたが、「ぜ~ったいに、行かん」といって拒みつづけていたのだ。

小学生を担当しておられる後藤三枝先生が頻繁に部屋を訪れてくださり、先生のお人柄もあってか、少しずつ興味を持ち始めた。丈一郎が納得したので、上津小学校から、院内学級の管轄である篠山小学校への転校の手続きをとった。

「また上津小学校に転入できますように」。そう心の中で祈ったが、私は辛くてたまらなかった。

院内学級は午前2時間、午後の2時間。今まで退屈だった丈一郎には、この4時間がどれほど有意義な時間となったであろうか。勉強だけでなく、茶道、工作、ボランティアの方々との交流、演奏会などが多く、院内学級ならではの多くの体験ができた。中でも「しっぽう（七宝）焼き」が気に入っていたようだ。

私は実際に作っているところを見たことはないが、きっと楽しい時間だったのだろう。その焼きもので作ったアクセサリーは、いつも肌身離さず身につけていた。普通の人が見れば、「なんで、そんなペンダントを首から下げて？　男の子なのに……」と、驚くかもしれない。

私もそのペンダントを見て「ええ〜！」と言いたかったけれど、その言葉は飲み込んだ。周りがどう思おうと、本人にしかわからない思い入れがあるのだろうし、病院生活すべてに対して様々な熱い思いをそのアクセサリーに込めていたに違いない。指導してくださる先生がたへの感謝もあったろう。

今も仏壇にはそれが飾ってあるが、目にするたび、丈一郎の魂が入っているんだと感じる。そのペンダントはもう1つある。それは丈一郎のおばあちゃんの胸に。

最初に作ったものを、お見舞いに来たおばあちゃんが一目で気に入って、

「丈くん、それカッコイイけんちょうだ～い。でも、石の色が緑やっけん色が良くないね」

おばあちゃんのこのおねだりに、照れ屋の丈一郎は、「なんで、ばあちゃんに作ってやらんといかんと。もったいなか」と、いつものかわいげのない返事をした。

次の月、またしっぽう焼きの時間があった。その日は病室に戻っても、私に新しい作品を見せようとしなかった。

「もしかすると……」。何となく丈一郎の行動は予測できた。

その日、お見舞いにまたやってきたおばあちゃんを前に、案の定丈一郎は、わざと面倒くさそうに「ふん」と短く言うと、昼間に学級で作ったしっぽう焼きのペンダントを、放り投げるように、おばあちゃんに渡したのだった。

もちろん、石の色はおばあちゃんのリクエストの「赤」だった。正真正銘の「遺作」となった。

そして、もう1人お世話になった先生がいる。

上津小学校3年1組の担任の八谷久美子先生である。丈一郎の入院中、何回病院を訪れてくださったことか。

ちょうど夕食時にいらっしゃることが多く、私は自宅に戻ってほとんどその場にいなかった。私が病院に戻るまでの間、丈一郎がやっていたドリルの採点をよくしてくださったそうだ。

後から聞いた話だが、よく丈一郎は先生と食べ物の話をしていたということだった。そう言えば、丈一郎が自宅にいたとき、台所に立つ私の横にとことこ寄ってきては、「何か手伝おうか?」と言っていたのを思い出す。

食べたいものが自由に食べられない欲求不満から、「アレ食べたい、コレ食べたい」と、常に頭の中で想像していたのだろう。

先生は、「丈一郎くんは、学校に来られないから、担任らしいことを全然してあげられなくて……」と、いつもおっしゃっていた。

素晴らしい先生が担任になってくださり、「神様が丈一郎のために八谷先生に引き合わせてくれたのだ」と私は神様に感謝した。

進学塾に通っていた丈一郎は、1学期間のすべてのテストプリントを先生からもらい、あっという間に仕上げてしまった。その採点をするのも先生の楽しみだったと言う。

先生は、後に立ち上げる「救う会」においても協力してくださり、今もたびたび家に線香をあげに来てくださる。今は、「先生と親」という関係を越えて私の心の支えになってくださっている。

一時帰宅

それから数ヶ月は、比較的安定した状態が続いた。水分制限の範囲のなかで、お茶をコーラに変えてみたり、アイスクリームにしてみたり、丈一郎が楽しめるよう工夫をした。

最初のころは車椅子で売店にもよく行っていたが、ほとんどの品物を諦めなければならず、カップラーメンの前で涙を流すこともあった。本人も最後は買いたいものを目の前にして買えないことに我慢できなくなったのだろう。売店にも行きたがらなくなった。ポテトチップスを一袋、ひとりで全部食べるのが、丈一郎の夢だった。

少し日差しも落ち着いてきた10月、退院してみようということになった。

須田先生のお考えとしては、極度に制限を厳しくしても改善が見られず、丈一郎の命の限りをわかっていた上での判断だったのだと、今はわかる。でも、当時私たちは、「家で何とか病気と付き合って、管理して、生活がずっとできたら……」という願いしかなかった。

私はこの数ヶ月の入院で、水分、塩分の制限に関する知識もでき、家での管理にも自信ができていた。新しく建てたばかりのわが家での生活を、早く丈一郎に味あわせてあげたかった。10月の初旬が退院の日となった。

少ない水分を何とか1日もたせるために、私は1日に摂取できる水分をすべて氷にした。水だと午前中には飲み切ってしまうのに、氷にしたら30個ぐらいになり、お風呂あがりまで残っていることもあり、とてもうれしそうだった。冷凍室のない病院ではしたくてもしてあげられなかったことのひとつだ。

食事も塩分を測り調理した。一番難しかったのは、食事の水分量だった。食材にも水分が含まれている。野菜なんてほとんどが水分だし、大好きな麺類も水分が多い。ご飯もほとんどが水分だ。食べる量が決まっていて、「おかわり」したくても、できないのが不満そうだった。

1日の摂取量の範囲で食べて、飲んで、しかもできるだけ満足のいくものを、味の濃さを感じられるものを……。私は試行錯誤した。手間はかかったが、食事のたびに好きなものが出てくるものだから、丈一郎は満足そうな顔をしてくれた。

お風呂も大好きで、やせ細った身体をぷかぷかと浮かせ、気持ちよさそうに湯船につかった。本人が満足するまで入れてあげたい気持ちは山々だったが、水圧で内臓が圧迫されると心臓に負担がかかってしまうということで、短く切りあげなければならなかった。親としては、心臓のことを考慮してシャワーだけにしてほしかったけれど、もうこれ以上の制限を丈一郎に強いることはできなかった。

丈一郎が眠っている間も私は、血圧、酸素濃度のチェックを欠かさなかった。私が神経質になっていることに対して、丈一郎は非常にいやがった。

なんせ、ちょっとぐったりしているだけで、周りから「丈くんきついと？ 大丈夫？ どうかある？」と質問攻めにあう。しかしそれは、本人にとっては「ゆっくり」くつろいでいるだけなのだ。それを「ぐったりしている」と周りが勝手に心配する。また、「きつい」という言葉にしても、本人にとっては「退屈できつい」の意味だったのに対して、親は「心臓がきつい」と受け止めるのである。毎日そのどちらかで言い合いになっていた。

心配はあったし、言い合いもしたけど、丈一郎がそこにいてくれるだけでうれしかった。本当は丈一郎がやりたいことが存分にでき、食べたいものが自由に食べられる生活だったらどんなに幸せだったか……。

親は勝手にいろいろと思うが、丈一郎本人は、どう思っていたのだろうかと今でも気になる。治療のためとはいえ、さまざまな我慢を強いられてしまい、それで楽しいと思えただろうか？　他の子どもとは違うと納得して、自分にできることを頑張ろうなんて、前向きなことを言って、本当に明るく生きていけるだろうか？

もちろん、生きていればいいこともたくさんあるだろうし、成長して立派になってくれただろう。しかし、病気を抱えているという葛藤に耐えることができただろうか？　実際に病気を抱えてみないと、その本当の辛さは絶対にわからないのだから、「できることを探して、前を向いて頑張っていこうね」なんて、簡単に言えることではない。丈一郎にとって一生こんな生活なんて、生き地獄に感じないだろうか？　いろいろ考えてもきりがない。

子どもの本当の辛さをわかってあげられない自分が情けなく、ちっぽけで何の意味もない人間のように思えてならなかった。その反面、丈一郎は試練と闘って、大人よりよほど立派で、生きている価値をきちんと見いだしていたと思う。

しかし世のなか不公平で、親も子もこんなに頑張っているのに、まったく思いどおりにならないのである。家での生活といっても、リビングで横になりながらテレビを見たり、ゲームをするだけだったのに、体調は少しずつ、少しずつ悪化していった。

外来に行くたびに、須田先生は丈一郎が家で１日でも多く過ごせるようにねばってくださっているのをひしひしと感じ、先生も腹をくくられているのがわかった。また入院すれば、家に帰れる確率はゼロに等しいことを覚悟されていたのだろう。

――食事、生活面、体重の増減、尿量すべてにおいて限界に近いくらい完璧なのに、どうして悪くなっていくの？　せめて現状維持できているのなら理解もできるけど、どうしたらいいの？　どこまで皆頑張ればいいの？

もう、お手上げだった。家ではもう無理と確信した。

九州大学病院に検査入院

退院して20日目の夜、丈一郎はまったく動けなくなり、救急車を呼んで再入院となった。最悪の事態だった。10月27日、丈一郎が家にいられたのはこの日が最後となった。

病院に着くと、最後の切り札である強心剤の点滴につながれてしまった。動きの弱くなった心臓を無理やりに動かすような作用のある点滴であり、使用し続けるうちに心臓が薬の作用に慣れてしまい、だんだん効き目がなくなる。少しずつ量が増えていってしまうため、医師も使いたがらなかった。しかし、今の丈一郎にはそれがなくては、命を維持できなかった。

点滴を使用して状態が改善してきたら、止めるとのことだった。

「きっと、また良くなってくれる」。それを願うしかなかった。

しかし、数日経っても改善は見られず、ぐったりとしてなかなか起き上がることができなかった。

11月初旬、移植待機者リストの審査に必要な検査を受けるため、福岡市にある九州大学病院へ検査入院することになった。

1つは心臓カテーテル検査といって、太ももの大きな血管から細い管を通し、心臓まで到達させ、心臓の動きや血管の状態を造影《ぞうえい》によって判断する。2つ目は、心筋生検《しんきんせいけん》といって、カテーテルを使い、心臓の筋肉組織を数箇所つまんで、採取したものを顕微鏡などで見るというものである。それによって、心臓の筋肉の状態がわかるという。

いずれも、久留米大学病院でも十分に行えるものだが、丈一郎のようなただでさえ状態の悪い心臓の場合、何を引き金に急変してしまうか予測がつかないうえ、久留米大学病院では、もしもの場合これ以上対処できないからということであった。

リスクのある検査でも、この検査結果のデータがないと移植登録ができない。この大きな山を越えたら、一歩進めるという気持ちもあった。

一番不安だったのは丈一郎だったろう。大人は少しでも良くなってほしいために、どんな大変な治療や検査でもやることにする。それが子どもにとってどれほど辛いことでも……。水分、塩分制限でもそうだし、何ヶ月も挿したままの点滴も。今回の検査以前にもどれだけ大きな検査を経験したかわからない。

丈一郎本人は、『いい加減にしてくれ。いくら頑張っても、いくら我慢しても全然よくならないじゃない』と心の中で叫んでいたことだろう。

ある日、何かのテレビ番組で「病気は闘いだ！」とある人が言っていた。それを見て、一言丈一郎が口を開いた。

「病気は、闘いじゃないよ、お母さん。病気はいじめだよ」

そうつぶやいたとき、私は親として子どものそんな惨めな気持ちを全然理解していなかったことに気づいた。

「何で、僕は何も悪いことをしてないのに、こんなことになってしまったの？」

と毎日毎日思っていたに違いない。日々辛い制限を課されているうえ、点滴のルート、心電図などモニターの何本ものコードに24時間つながれ、寝返りも打てない状態で、『何が希望だ、頑張れだ』と心の中で叫んでいただろう。

人間そんなに強くないし、前向きに希望をもちたくても、無理だと思う。もう1年近く辛い制限や治療を乗り越えてきた丈一郎、それだけで立派だ。たった9年しか生きられなかったが、彼はすごい魂の持ち主であったに違いない。

九州大学病院まで2人の医師が付き添ってくれ、救急車で搬送された。久留米から離れ、私も丈一郎もとても不安な気持ちだった。その日以来、私は毎日久留米から福岡までJRで通うことになった。

慣れない電車より辛かったのは、私を待つ丈一郎のもとにたどり着くまでに時間がかかったことだ。久留米大学病院だと自宅から車で30分くらいだが、九州大学病院までは2時間を要した。しかも予定していた電車に乗り遅れると、次の電車まで待たねばならず、丈一郎のもとへ着くのが大幅に遅くなってしまう。

駅に着くと私は一目散に病室に向かう。駅から病院までの15分の距離は人目も気にしている余裕などなく、とにかく急いで向かった。「何をそんなに目の色変えて、何に向かって急いでいるの？」と変な目で見られてしまうくらいに……。

とにかく早く丈一郎の顔を見たかった。早く私の顔をみせて安心させてあげたかった。早く「大丈夫だった？」と声をかけてあげたかった。食べられる範囲のお菓子を早く食べさせたかった。

その気持ちの反面、重症患者が多く入院している病棟に、自分の子どもが入院しているということが信じられなかった。病院の門から見える恐ろしく大きな建物を遠くから目にしては、「本当に息子の丈一郎がここに入院しているのだろうか……？」と、認めたくない、信じたくない、いるはずがない、という思いがいつも頭をかすめた。丈一郎に会いたいという思いがあるから病院に行くのだが、本当は病院に足を運ぶのが嫌で嫌で仕方がなかった。

病室のドアを開けると、やっぱりそこには丈一郎の姿があった。その顔を見たとたん『ここに丈一郎がいるはずはない！　病院に行くのが嫌だ！』なんて思ってしまったことを、丈一郎に申し訳なく思った。丈一郎本人が『なんで僕が病気？　なんでこんな病院にいるんだ！　冗談じゃない！』と一番思っていただろうから。

絶望の淵

そして入院9日後の11月20日、とうとう検査の日がやってきた。丈一郎はどんなに不安でたまらなかっただろう、逃げ出したかっただろう。私ならきっと、検査を拒否していただろう。

朝10時頃ストレッチャーで検査室へ入っていった。主人も久留米でいてもたってもいられず、仕事を休んで病院へ来てくれた。2時間後、少し麻酔の切れた状態で病室に戻ってきた。その時は、主人も私もほっとした。無事に大きな検査を乗り越えてくれた丈一郎が立派に思えた。ほめてやりたかった。

それと同時に、危険な検査を、細心の注意を払って行ってくださった九州大学病院の先生がたに、心からの感謝の気持ちが湧いてきた。技術の素晴らしさにも感激した。

その後しばらくして、丈一郎の意識が戻り次第、水分を摂ってもいいという指示と、夕方頃に食事をしてもいいという指示が出た。いつものごとくすごい回復力の持ち主の丈一郎は、意識もはっきりとしないまま空腹を訴えた。

何とその日の朝から、検査が無事に終わったら食べると言って、おにぎりとサンドイッチをあらかじめ買って用意していたのである。自分へのごほうびのつもりだったのだろう。

先生は、その回復に驚き、予定よりも早めに食事をとってもいいと許可を出してくれた。もうろうとしながら、丈一郎はおにぎりにかぶりついた。私たち2人はおかしいやら、かわいいやら、安心したやらで、心からほっとしたのを覚えている。

これで移植への階段をひとつ登った気がした。検査の詳しい結果は、1週間後にわかるとのことだった。

検査が終わったその夜、検査を行ってくれた医師と病棟の廊下ですれ違った。あいさつを交わし通り過ぎた医師は、少し考えるような素振りをしたあと、私のところへ引き返してきた。何か話があるようだ。

「丈一郎くんの心臓を診させていただきましたが、想像以上に悪いですね」

この医師もやはり普段の丈一郎と心臓の状態のギャップに驚き、検査してみて初めてそう感じたようだ。

「あそこまで悪いとは思いませんでした。明日止まっても不思議ではない心臓の状態です。もって1年でしょう」

急に、余命宣告とも取れる言葉をかけられた。いや、はっきりとした余命宣告だった。今まで一度もそんなことは告げられたことがなかったのに……。でも告げられるような時期に来ているのだろうとも感じた。

私は立っているのがやっとの状況だったが、すかさず言った。

「私は久留米大学病院の先生にも、そんなことは何も聞いていませんし、言われたこともありません。そんなはずありません。それじゃ丈一郎は大人になるまで、お兄ちゃんになるまで生きられないというのですか?」

まるで、その医師を責めているかのようだった。移植登録に最後の希望をつないでいた私はその医師に、

「それじゃ、海外へいきます。日本でダメならできる国へ行きます。そのためにはどうしたらいいのですか？　教えてください」

と、すがるようにお願いした。

医師は重い口を開いた。

「お母さん、移植したら、そこで終わりではないのです。また新たに病気になるのと同じなんですよ。一生免疫抑制剤《めんえきよくせいざい》を服用して、また様々な制限が必要になってきます。子どもさんをまた苦しめるのですか？

しかも、海外なんてたどり着く人は、ほんの一握りの人です。テレビでよく見る移植に成功されて帰国されている方は、あれは〝奇跡の人〟なんですよ。簡単に行けるものではありません。待機中にどれだけの方がお亡くなりになっているのか、ご存じないのですね」

私はまた「それでは丈一郎はどうすればいいのですか？」と聞き返した。すると、衝撃的な答えが返ってきた。

「先のことを考えて、どこかへ遊びにいったり、おいしいものを食べたりして、たくさん思い出を作って、残された人生の日々を家族で楽しんではどうですか？」

今思うと、その医師の考えは間違っていなかった。移植指定病院だからこそ、移植というものがどういうものか、どんなに難しいものかということを、たくさん見てきていたのだ。

しかし、この時知った現実によって、私たちの抱いていた希望は打ち砕かれてしまった。それでも私はそのほんの一握りの〝奇跡の人〟に丈一郎がならないはずがないと強く信じて、移植を諦めることはしなかった。ただ、目の前の丈一郎の現実に愕然とし、周りの風景が灰色に見えた瞬間だった。

主人には急いで連絡をした。

「丈くん長くないって言われた……」

主人も頭が真っ白になったに違いない。私も何を話したか覚えていない。多分「移植に向けて」みたいな話をしたのだと思う。私は暗い廊下に崩れるように座りこんだ。

何よりも検査を終えてうれしそうにしている丈一郎の顔を見るのが、辛くてたまらなかった。頭の中は呆然としていたが、笑顔を作って勇気を振り絞って部屋に入った。

とにかく動揺に気づかれないように。

丈一郎と普通に会話していても、世話をしていても、頭の中は酸欠状態のような感じて、何もかもが「上の空」だった。余命を宣告されたものの、目の前にいつもと変わらない様子の丈一郎がいることが不思議で、信じられなかった。

少しでも移植を急ぐしかない——気持ちはひとつだった。

その夜、眠りに入ろうとしていたとき、急な恐怖感と息苦しさに目が覚めた。何とか体を休めようとしているのだが、なぜか気持ちが高ぶって落ち着いて眠られない。

その恐怖感は入院当初からいつも感じていた。

夜になると、息苦しくなり目が覚めることが多くて、起き上がってベッドに眠っている丈一郎をじっと見つめる。そうすると先の見えない病状に「この先どうなっていくのだろう……」と不安に陥り、必ず息苦しさが襲ってきた。そんなときは当直の看護師さんに、話し相手になってもらうと自然とおさまっていた。

しかし、今回は症状が違った。今までの不安や恐怖が山積し、もうこらえきれなくなり、自分自身ではどうにも対処することが不可能になってしまった。身体中を虫が這うような感触で、とにかくじっとしていられない。

あふれ出しそうな不安、これから何が待ち構えているのかという恐怖感、胸騒ぎ、動悸、呼吸困難、大声をあげて叫んでしまいそうだった。私は、気が狂っておかしくなって、「飛び込みたい」と強い衝動にかられた。そのときに、自殺する人ってこんな気持ちなのかもしれない、と恐ろしくなった。

――このままでは、自分もどんどん壊れていく。私がどうかなってしまったら、丈一郎も家族もおしまいだ。今のうちに何とかしなければ。

気がおかしくなりそうではあったが、そんなことを考える余裕はあった。深夜、私は九州大学病院の救急外来で心療内科の診察を受け、薬を処方してもらうことができた。「薬には頼りたくないけど、今回はそんなことも言っていられない」。そう自分に言い聞かせた。

私がそんな状況の時、主人は急いで大阪大学の福嶌先生へメールを送っていた。

「丈一郎の命があまり長くもたない」と。

先生からすぐに返事が返ってきて、

「11月の26日に大阪へ来てもらえないか？」とのことだった。

忙しい中をそれも早い日に設定していただいた先生に感謝の気持ちでいっぱいだった。「早く何とかして！」と今すぐにでも飛んで行きたい気分だった。

数日後、検査結果の説明があった。造影剤で丈一郎の心臓の動きがはっきりと画面に映し出された。画面の後ろのほうはほとんど動いておらず、動いているところといっても収縮しているのではなく、波を打っているだけのように見えた。

全体的に動いていない。ほとんど血液を送り出せていない状態で、どうやって生きているのかが不思議で仕方なかった。身体が少ない血液循環で保てるように慣れてきているのか、調整しているのか……。

医師がどのように説明したのか、ショックのあまりよく覚えていないが、とにかく悪いということだった。

Ⅲ部

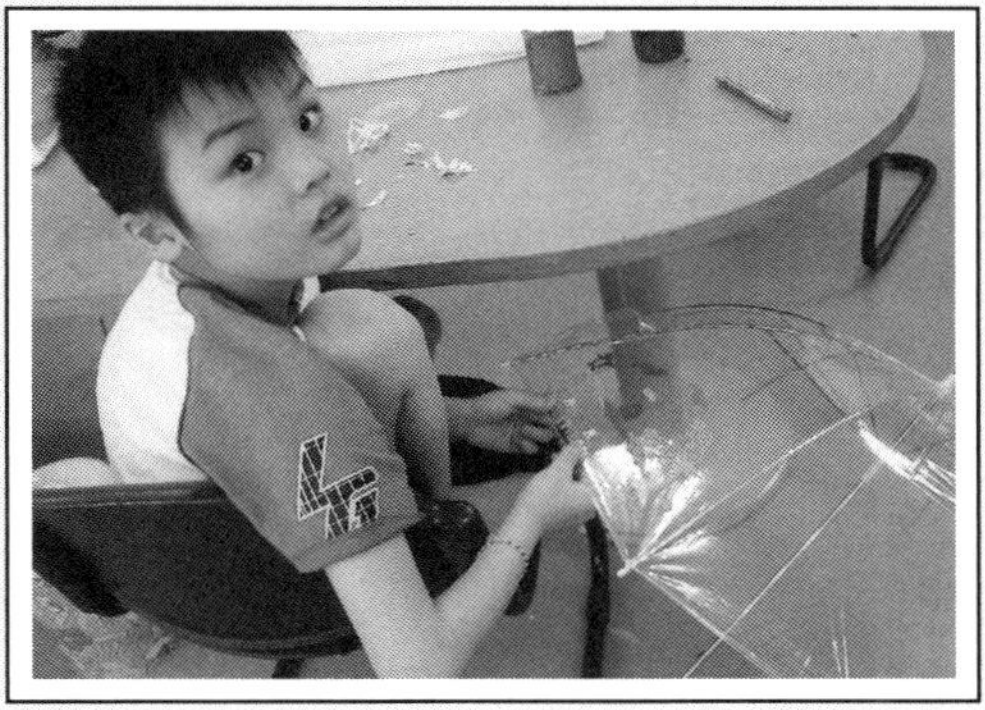

海外渡航へ

月が替わり11月26日、私は主人と大阪へと向かった。たった数時間でも飛行機は揺れ、気分が悪くなるほどだった。

——正常な人間ですら気分が悪くなるというのに、いつ止まってもおかしくない息子の心臓で、果たして渡航できるのだろうか？ 心臓は耐えられるだろうか？

私は大阪に行く機内で、丈一郎の渡航はまさに命がけのフライトになるだろうと想像した。

伊丹空港からモノレールで大阪大学医学部附属病院へ向かった。私たちは施設の大きさにまず驚いた。ひとつの町のようである。とにかくすごかった。受付ではしばらく待たされた。10分くらい経ってからだろうか、受付の女性の方から、

「予約を入れて紹介状がないと、ドクター福嶌に会うことはできない」。そう言われ、相手にしてもらえなかった。世界一と評判のドクターに会おうしているのだからいた仕方ない。とはいえ、このまま帰るワケにはいかない。

奥にいる男性の方に、「福嶌先生とはメールで連絡を取っています。今日来るようにとのことでしたので聞いてみてください」と祈る思いで訴えた。さらに案内されるまで30分くらい待っただろうか？　とにかく会えるかどうか不安だった。

しばらくすると中に呼ばれ、入るといきなり「丈一郎君も一緒に来てるんか？」と、福嶌先生が関西弁で話しかけてくださった。

「助かったぁ……。もう大丈夫……」。膝がガクッと折れた感じでほっとした。私たちはしばらく丈一郎の状況を説明した。

すると、福嶌先生は、「渡航先ですが、丈一郎君の場合、抗体《こうたい》の数値が異常に高いので、血液浄化《けつえきじょうか》という治療法をやっておられるドイツ・ベルリンを考えています。どうでしょうか？」と提案された。

血液浄化とは、別名「免疫吸着療法《めんえききゅうちゃくりょうほう》」といい、腎臓透析《じんぞうとうせき》と同じような治療法で、体内の血液を体外装置に巡回させ、その過程で特殊なフィルターを用い毒素だけを分離・除去しようという治療法である。通常1回3時間から5時間をかけて2日おきに3回行って1クール。これを3クール繰り返す。費用は保険が適用されず1回15万円ほどかかるため1クールで45万円前後かかると説明を受けた。

以前、丈一郎は東京の北里大学北里研究所病院の血液検査で抗βアドレナリン受容《じゅよう》体抗体《たいこうたい》の検査で陽性反応が出ていた。しかもその数値が通常の200倍と相当なもので、この時は自己免疫疾患の疑いも考えられた。その時の話では、血液浄化は大人でもまだ治験段階にあり、子どもにはできないとのことだった。

ドイツだと言われても私たちに断る理由は何もない。実際にドイツではこの血液浄化で丈一郎と同じ症状で心臓移植を待っている末期患者の心機能が回復し、社会復帰した例が100例ほどあると説明を受けた。

福嶌先生は力強く言った。

「治るねん！」

意外な言葉にどう反応していいかわからなかったが、とても嬉しかった。今思えば患者を気遣っての優しい言葉だったのだろう。

「治るんですか？」

「治るねんって」

「確率は60％から80％。それでもダメなら移植でしょう」

正直、移植しないでも治るなんて本当なのかと疑った。余命1年と死を宣告された丈一郎にとって、60％はどれだけすごい確率に思えたか。

それからしばらく、今後について相談した。丈一郎はいったん九州大学病院から久留米大学病院に戻って待機し、日本循環器学会に心臓移植適応の承認申請を提出すると同時に、ドイツ・ベルリン心臓研究所のレームクール教授に受け入れのお願いをしていただけることになった。

こうして大阪大学を後に、帰路に着いた。帰りの飛行機は行きと違い、安心した気持ちで乗ることができた。今日のことを早く丈一郎に伝えたい気持ちでいっぱいだった。

一筋の希望

丈一郎の海外渡航への道が拓かれた。そして、海外渡航までたどり着くということが、どれほど「幸運」であるかということを知った。

「移植しなければならない」という表現より、「移植できる」という言葉がふさわしい状況になったのだ。日本の病院から海外の病院を紹介してもらうのではなく、福嶌先生のような海外にパイプを持っている医師の個人的な付き合いや信頼によって直接紹介していただいたのだ。

海外にパイプをもっている医師に出会うこと自体が幸運だった。多くの病院はどうすれば渡航移植につなげられるのかわからない。移植を提案するどころか、延命治療しかないと説明する病院も日本では少なくない。こうして、福嶌先生から海外の病院へ打診していただくところまでたどり着いただけでも、恵まれていたのではないだろうか。

しかし、もうひとつのハードルがあった。紹介してもらって、海外の病院での受け入れが決まっても、いつでも誰でも行けるわけではなかった。「外国人枠5％ルール」という厳しい受け入れ制限があるのだ。海外の病院の移植手術症例数の5％の外国人患者しか受け入れられない。そこの病院がある年100例の心臓移植手術を行ったとしたら、その翌年は5名の枠で外国人患者を受け入れるというものである。しかも外国人といっても日本人ばかりではない。

1月に1歳の女の子がベルリンの病院に行くのが決まっており、丈一郎の受け入れで日本人は2人目になる。これでもうその年は、日本人は外人枠に入れないという。まさに選ばれて日本を代表して行くようなものだ。

丈一郎が病気してから今まで、長い入院生活、厳しくなる食事制限、増えていく薬の量、それでも改善していかない病状、いつ退院できるかもわからない。まるで霧が立ちこめたような先の見えない中を丈一郎本人はもちろん、家族も必死にさまよっていた。そこに一筋の光が射し、そこに向かって進むことができるという喜びはたとえようがない。やるべきことがはっきりと示されたような、そんな晴れ晴れとした気持ちだった。

福岡に戻り、待っていた丈一郎に朗報を聞かせる。しかし、血液浄化の話だけでなく、心臓移植の可能性もゼロではないことも丈一郎に話をしなければならない。親は「生きるためならどんなことでも！」という思いが強いが、本人にとっては、『心臓を入れ替えるなんてたまったもんじゃない！』という思いのほうが強いのではないだろうか。

親は子どもを生かすために懸命だ。本人だって元気になりたいはずだ。しかし、移植というと、恐怖感だってあるだろうし、海外渡航して移植を受けるまでの間はやっぱり不安に違いない。そんな子どもの心中を気づかってあげる余裕もないほど、私たち大人もいっぱいいっぱいだった。むごいことをしたと反省している。

丈一郎だけではない。移植となるとほとんどの人が悩むものだ。だから、大阪大学の福嶌先生は海外の病院へ打診する前に渡航を希望する本人にきちんと説明し、「意思確認」のために、全国の待機患者のもとに直接来られる。丈一郎は血液浄化の手段があるものの、心臓移植の可能性があるので、そのことを告げるためだ。

心臓移植というものは、手術が成功したからといって、それで健康な身体に戻れるわけではない。たしかに、移植すれば社会復帰したり、学校に行けたり、スポーツを楽しんだりと、移植する前とは比べものにならないくらい生活が改善する。しかし、新しく提供してもらった他人の臓器を自分の身体に入れると、身体が異物としてそれを除こうとしてしまう。免疫反応による「拒絶」であるが、この拒絶反応を抑えるため、「免疫抑制剤」の薬を長い間（多くは一生）飲み続けなければならない。

さらに免疫抑制剤により免疫力が弱くなり、病気に感染しやすくなってしまう。けがをしたらすぐに病院に連絡をしなければならないし、感染予防のため、うがい、手洗い、移植後しばらくは人ごみではマスクを着用するなどの自己管理がとても大事になってくる。

「移植手術50%・自己管理50%」とよく言われる。この大変に重要な自己管理に向けてのかたい意志と、絶対に生きたいという強い気持ちを、福嶌先生は確認に来られるのだ。

ドナーとなって臓器を提供していただく方や、そのご家族の気持ちを尊重することも忘れてはならない。提供していただいた心臓を大事にできないようだったら、受け取る資格がないと思う。お金では買えない「命」をいただくという重みを、十分心に刻みこんで「移植」を決断しなければならないのだ。

しかし、9歳の子どもにそこまで理解できるのだろうか……という不安がある。しかし、移植をするとなると避けては通れないことなのだ。幼いながらもこんな重大なことを受け止め、理解しなければならない。そんな丈一郎がとても不憫だった。

12月13日、福嶌先生は丈一郎の意志確認に久留米までいらした。移植についての説明のあと、福嶌先生が丈一郎の部屋を訪問された。その瞬間、思いもしないことが起きてしまった。

先生の顔を見たとたん、丈一郎はとても驚き、ベッドに顔をうずめ先生のほうを見ようともしない。おまけに、「くそじじい死ね。あっち行け」などの暴言を吐き、そのうえ先生を蹴ってしまったのだった。その場には、私たち以外、主治医やその他数名の医師、看護師長、秘書の方など10名近くいただろう。みんな、顔面蒼白であった。もう、絶体絶命だ。生きる道が閉ざされた――そんな考えが頭を駆け巡る。親さえもわが子をどうすることもできなかった。丈一郎にしてみれば、海外渡航して移植するという話が「やっぱり本当だったのだ」と知って、怖くなったのだろう。子どもらしい反応といえばそうだ。

私たちの心配をよそに、福嶌先生は丈一郎の態度に気を悪くすることはなかった。

「気にしないでください。丈一郎くんの元気になりたい気持ちは十分にわかっています。そのためにベルリンの病院へ渡航する準備を急いでいるのです。もし、大人の方があいう態度だったら、紹介しませんけれど……」

一旦、病室を出て福嶌先生からそんな話を聞いた後、私たちは再び丈一郎と向き合った。

「丈くんが辛くて諦めるんだったら、それでもいいよ。あなたの人生だから。一人で死ぬのが怖かったら、お父さん、お母さんがいつでも丈くんと一緒に死ぬよ。点滴も器械も外してあげる。でも諦めたらそこで終わりだよ。生きてさえいれば、明日また笑えるでしょ。幸せになろう」

そう言って、私たちも丈一郎もしばらく泣いた。福嶌先生は帰り際に、もう一度丈一郎に会いに来てくださった。

丈一郎は「生きたいです。助けてください。お願いします」という言葉の代わりに、泣きはらした顔をしっかりと福嶌先生に見せた。

私たちはこの時、生きるためには努力しなければいけない、心臓を提供してくださるドナーとご家族が丈一郎にあげてよかったって心から思っていただけるよう努力をしなくてはならない、移植できることに感謝の気持ちを持つことを忘れてはならないということを改めて思った。

あとから師長さんに、「あの、最後に顔を見せたのは良かったですよ」と言われた。

こうして渡航移植に向かって具体的に動けることになった。

救う会の発足

まずは、年末に東京にある移植者支援団体「トリオ・ジャパン」の事務所を訪れた。そこにいらっしゃる事務局長の荒波さんご夫婦、若林滋さんが、募金活動について、また募金をするにあたっての「救う会」の結成の仕方などを詳しく教えてくださった。

翌月すぐに募金活動の説明会をするために、久留米まで来てくださるということだった。丈一郎の場合、血液浄化という異例の渡航であり、その延長線上に心臓移植もありうるということをきちんと説明し、趣意書にも記載しなければならないということだった。心臓移植と思い募金する人がほとんどだろうし、もし移植せずに帰ってきた場合、嘘をついて募金を募ったのかとバッシングされることが想定されたためだ。

平成20年1月20日の説明会には、私たちの友人、丈一郎の保育園からの友達の親御さん、小学校の同級生の親御さん、得意先の方々、親戚など約80名もの人たちが集まってくださった。こうして多くの方々の善意のお力で、「丈一郎くんを救う会」を結成することができた。

「丈一郎くんを救う会」の代表には、丈一郎が保育園の時からお付き合いのある、大石喜和さんが気持ちよく引き受けてくださった。大石さんは、「丈くんのために、今自分にできることをやらせてほしい」と、誰よりも熱い思いを抱いてくれていた。事務所となるアパートの契約、電話や水道の手続き、銀行の口座作りと、毎日毎日仕事を犠牲にして走り回ってくださった。この場を借りてお礼申し上げます。

副代表は、田中憲治さん、三渕亭さんのお二人が引き受けてくださった。共に会社の社長様である。取引先などが多く、とにかく顔が広く人望の厚い方たちで、とても頼りになった。

ふと考えた。もし、逆の立場になったとき、私は仕事や時間をここまで犠牲にして、人のためにできるだろうか？　億という莫大な額のお金を、しかも数ヶ月という短い期間で集めるなどという覚悟がもてただろうか？

そのとき一番感じたことは、「私自身も、人のために何かしようとする心を持って、困っている人がいたら真剣に耳を傾け、本気になって考えてあげられる人間になろう。今回『救う会』を立ち上げてくださった方々のように……」ということだった。

隣町に借りたアパートの一室は、インターネット、事務用品、デスク、金庫、その他色々必要なものが、あっという間に揃った。そこでは、毎週日曜日に皆さんが集まり、仕事の配分、市や県などの機関との募金活動の場所の交渉など、いつでも募金活動が開始できるよう下準備が進められていた。

「丈一郎くんを救う会」は、素人というよりは、専門家の集団と化していた。救う会の活動を通して、私たちは本当に多くの人たちに恵まれたと感じとることができた。「この人たちだったら、すべてを任せても大丈夫だ。丈一郎は助かった」。そう、強く信じることができ、私たちは丈一郎のことだけを考えてあげることができた。

「丈ちゃんのために、すごく優しい人たちがね、しかも数え切れない人たちがね、一生懸命助けてくれようとしているよ。一日一日、元気になれる日が近づいているよ。だから、もう少しの間、辛抱してね」

そう励ましながら、希望に向かって辛い日々を乗り越えていった。

重い病気になっても、「希望」という言葉があるなんて……。病気によっては、「希望」なんて持てないこともあるだろう。私たちは本当に恵まれているんだと、ありがたい気持ちでいっぱいだった。そんなことをいつも考えていた。

救う会の集まりも1ヶ月になろうとしていたが、肝心なドイツの病院から受け入れの返事が来ない。これればかりはどうしようもない。

「運を天に任せて待つしかない。返事が早かろうが遅かろうが、助かる人は助かる。死ぬ人は死ぬんだ」。そう思うしかない。福嶌先生が最善を尽くし、それでも待たされている状況なのだから。

救う会はまだ、水面下での活動しかできない状況であったが、噂は久留米じゅうに広まり、ありがたいことにその反響は大きく、「まだ、募金活動は始らないのか」とよく質問されるようになった。

町内会では、老人会が中心になり、募金の場所、時間、それに合わせて「当番表」まで作成していただいていたとのことだった。受け入れ先が決まり、記者会見を開いてからでないと募金活動は始められない。あちこちで独自に活動を進められている方々を調整しに行ってくださったのも、救う会の代表、副代表だった。

そんな様子を見て、募金活動に対する世間の反響の大きさとともに、「何とか一人の子どもを救いたい」という善意の気持ちのありがたさ、深さを改めて感じた。

旅立ち

この頃の丈一郎の体調はというと、強心剤の点滴にもかかわらず、思うような回復も見られず、いつも手の届くところに置いているお菓子も、ほとんど手をつけなくなった。

食べてもすぐに吐いてしまう。最後の手段であった強心剤の点滴の量も増えていく一方だった。

この頃から心臓血管外科の先生が、たびたび丈一郎を診察に訪れるようになった。「補助人工心臓装着《ほじょじんこうしんぞうそうちゃく》」の可能性が出てきたのである。補助人工心臓とは、その名前のとおり心臓の動きをサポートする器械である。

大人の親指ほどもある大きさのホースを2本、直接心臓に取り付け、体外に置く大きな冷蔵庫ほどの器械につなぎ、血液の循環を保つものである。しかし、日本には子どもの器械はなく、大人用のものを出力を抑えて使用する。

また、ポンプの中に「血栓《けっせん》」と呼ばれる血の固まりができやすく、それが万一はがれ血流に乗ってしまうと、脳や肺などをつまらせ、脳梗塞《のうこうそく》や肺梗塞《はいこうそく》に陥る危険性が高くなる。さらには、心臓に取り付けられ、身体を貫いた格好のホースの傷口からは細菌に感染しやすくもなる。

大きな器械に繋がれて命を維持しているため、常にその器械とともに移動しなければならず、極度に行動範囲が狭まってしまう。もし、誤って抜けたりしたら「即死」であるから、寝返りを打つのでさえも細心の注意が必要だ。そんな理由から、先生がたも装着はできるだけ避けたいようだった。

補助人工心臓が付いてしまうと、渡航にも影響が出る。その器械を載せるのに、飛行機をチャーター、もしくは座席を24席ほど取り外し、改造しなければならなくなる。そのため、募金額に1千万円ほど上乗せされることになるのだ。

しかし、万が一に備えて、田山栄基先生は、丈一郎が戸惑わないように器械を見せて説明しておいてくれた。『もう少しの間、ドイツにたどり着くまで、良くならなくてもいいから、せめてこのままの状態が保てますように……』。あとは、丈一郎の強運を信じるしかなかった。

しかし、数日後には、仰向けに寝るのも苦しがるようになってしまった。看護師さんにベッドを起こしてもらうと、とても楽になった様子で、久々にお粥をたくさん食べてくれた。

夜は眠りが浅いらしく、睡眠薬を服用するようになった。薬が効いて熟睡したようで、久々にすっきりとした表情だった。その夜も丈一郎は、進んで睡眠薬を飲んだ。

――あんなに薬嫌いなのに自分から飲むなんて、よほどきついのかな……。しかも、あんな小さい子どもが睡眠薬なんて……。

そんな丈一郎の状況に、不安で胸が張り裂けそうだった。でも、情けないことに親はこれ以上どうしてもあげることができない。ただ、食べられるものを見つけて、楽な方法を見つけて、顔を見せてあげることしかできなかった。

ごはんを食べてごめんなさい／普通に歩けてごめんなさい／階段を登れてごめ

んなさい／家に帰れてごめんなさい／健康でごめんなさい／丈一郎だけに苦しい思いをさせてごめんなさい。

何の苦労もなく日々を過ごしている自分を思うと、丈一郎に対して申し訳ない気持ちになってしまう。

節分の日はとても気分が良いみたいだった。救う会の方からいただいた、鬼の面を頭に着けてくれた。そんなふざけたこと、いつもはしない子なのに。「みんなが丈ちゃんの顔見たいって。写真撮っていい？」と聞くと、素直にカメラのほうを向いてくれた。カメラを覗きながら、「なんて、いい表情！」と、絶賛してしまった。本当に素晴らしい笑顔だった。

2月3日の朝、私はいつものように集中治療室を訪れた。大好きなウインナーパンを持って。珍しいことにすごい食欲で、ペロッと1個たいらげた。今思えば、人間は死ぬ前に機嫌がよくなったり、調子よくなったりすると聞くが、まさにこのことだったのだろう。

夜9時過ぎ、丈一郎が突然腹痛を訴えた。苦しみ方がいつもと違う。危険な不整《ふせい》脈《みゃく》が止まらず、そのまま意識がなくなった。私はすぐ外に出された。集中治療室はカーテンが引かれ、中の様子はわからないが、看護師が走りまわっている。工藤先生がすぐに来てくださり、主人もすぐに駆けつけた。その数分後には田山先生が走って来られ、しばらく処置を施した後で、私たちは別室に呼ばれた。

「申し上げにくいことですが、丈一郎くんは危険な不整脈が頻発し、瞳孔《どうこう》が散大《さんだい》していています。覚悟しておいてください」

私は絶望の底に落とされたが、すぐに大阪大学の福嶌先生や親しい人たちに連絡を入れた。そして親族が集まり、「救う会」の方々も心配して病院にかけつけてくれた。そして深夜12時すぎ、私たちのもとへ田山先生が急いで来られた。

「今、丈一郎くんの開いていた瞳孔が収縮しています。丈一郎くんはまだ諦めてはいません。手術するチャンスがあるかも知れませんので、承諾書にサインしといてください」

そして20分後、「不整脈が落ち着いています。やるなら今しかない。可能性にかけ

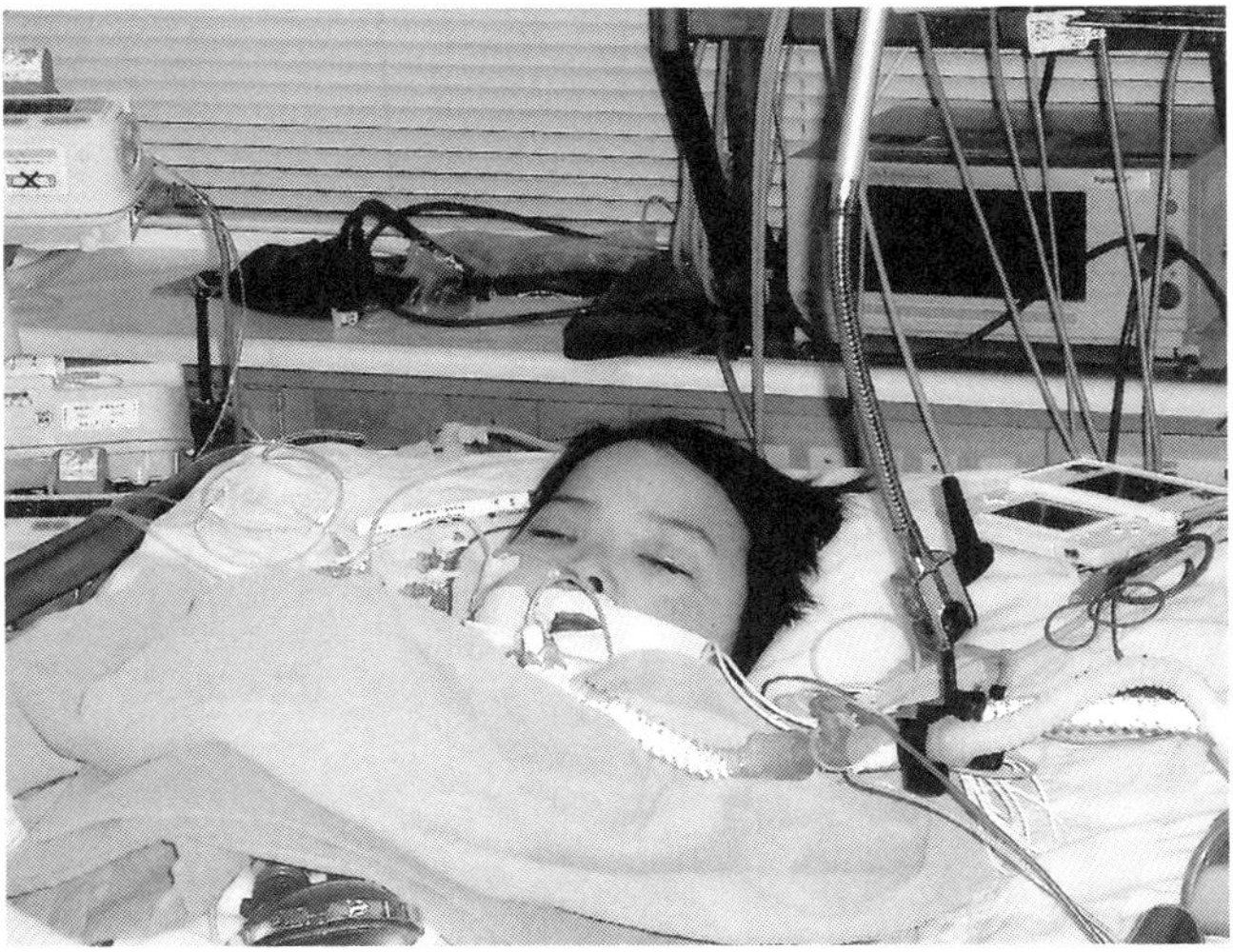
補助人工心臓装着手術後（集中治療室にて）

てみます。説明をしている時間がないのですぐ準備に入ります」ということだった。一度は諦めかけたものの微かな光が見えてきた。そして何より丈一郎本人と医師の先生がたが諦めていなかったことがとてもとても嬉しかった。

私は「よろしくお願いします」とだけ伝え、田山先生は手術室へと向かっていかれた。6時間におよぶ補助人工心臓装着手術が行われ、無事一命を取り留めた。

その後、胸壁《きょうへき》から出血したりして3度の手術を繰りかえし、20日後の2月24日午前1時05分、丈一郎は静かに天国へと旅立った。

１年３ヶ月にわたる闘病生活を闘い抜き、元気になれる日を待ちながら、よく耐えてくれたと思う。

集中治療室で丈一郎が亡くなった瞬間には、主人がショックで意識がなくなり仰向けに倒れた。張り詰めていた気持ちがショックで折れたのだろう。身も心もぼろぼろだった。

補助人工心臓装着後の20日間は外科病棟の集中治療室で過ごし、麻酔で眠った状態だったので、丈一郎と言葉を交わすことはできなかった。

最後に丈一郎の人工心肺装置《じんこうしんぱいそうち》を外された田山先生の、霊安室での涙は一生忘れない。最後まで諦めずに命懸けで治療していただき感謝の気持ちでいっぱいだ。

霊柩車で病院を出る瞬間、突然、大粒の雪が降ってきた。神様が丈一郎の最期を見送ってくれているようだった。

丈一郎のお通夜、葬儀には、延べ６００人の方々が参列してくださった。子どもの葬儀としてはたいへん立派なものだった。上津小学校を代表して橋本りょうくん、末安ねねさんが、手紙を読み上げてくれた時には、お坊さんも涙が止まらなかったそうだ。お通夜、葬儀に参列くださったほとんどの方が丈一郎の渡航に協力しようとされていた。

闘病生活だけを考えると、かわいそうだったかもしれない。けれど、こんなにたくさんの皆様が丈一郎の命を救おうと懸命になってくださり、また病院では数え切れない医師や看護師、技士の方々が必死に命を繋いでくださった。何とありがたいことであったか。

後から聞いた話によると、葬儀場周辺が交通渋滞を起こし、警察が出動してしまうほどであったそうだ。

幼い死とはいえ、最高の最期であったと思う。

Ⅳ部

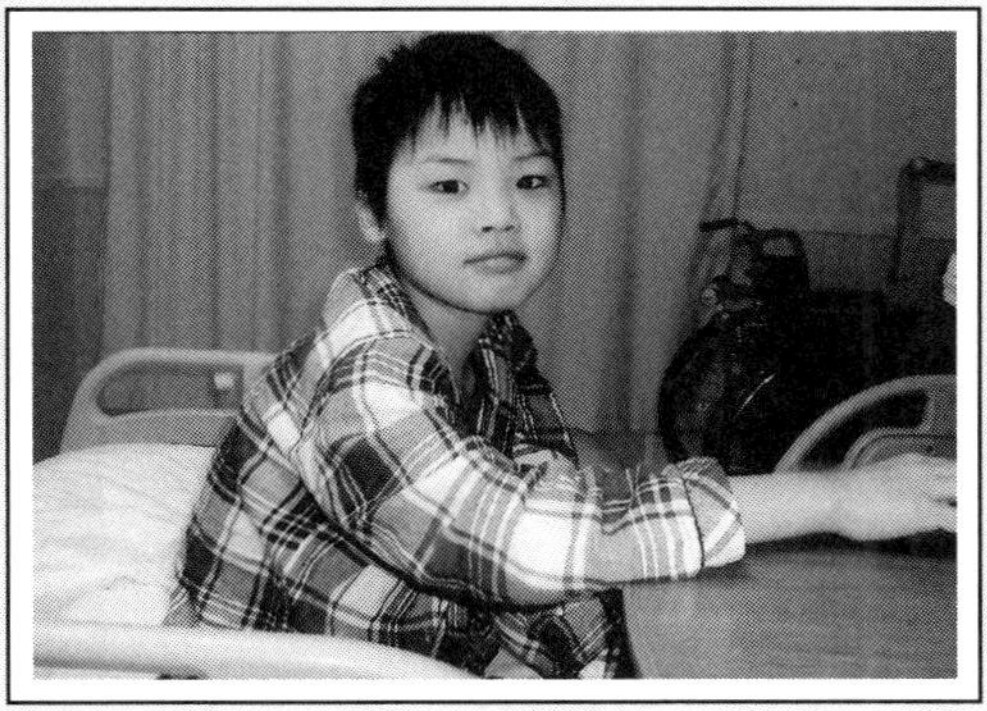

臓器移植法改正へ向けて

初七日も終わらないある日、トリオ・ジャパンの荒波さんから一本の電話が入った。「石川さんご夫婦にとても辛いお願いをしなくてはなりません……。実は、記者会見を予定していました。十数年もの間放置されている臓器移植法改正を訴えるものです。無理にお願いはしたくないのですが、今回は遺族の方々に訴えていただきたいのです」

97年（平成9年）に臓器移植法が制定されたものの、非常に制限の多い内容であるため、3年後に見直しをするというのが、約束となっていた。それなのに国会議員は審議をせず、放置しているということだ。「国の怠慢である」と言っても過言ではない。

この何年間、様々な方々が、何とか審議してくれないかと活動をして来られた。しかし、携わっている医師、海外で移植をされた方が訴えても、効果がなかったらしい。そのため、国会議員はもちろん、マスコミもあまり取り上げようとしないとのことだった。

非常にきつい言い方かもしれないが、生きている人間がどんなに「大変なんですよ」と言っても、心が動かないのではないだろうか。そのため、今回最後の手段として「遺族の訴え」をしようということになったのである。関係者の人たちは、辛い思いをしている遺族にまでお願いしたくないという思いであった。だから、今までは遺族に依頼をすることはなかった。

荒波さんとしては相当の覚悟で依頼をされたのであろう。しかし、電話を受けて「こんなときに失礼なお願いだ」とはまったく思わなかった。むしろ冷静な気持ちで、「今の私たちに、こんなお願いをして来られるなんて、余程の事態に違いない」。そう瞬時に思った。

まだ記者会見の話を進められている時は、丈一郎の渡航へ向けた話が進んでいたので、私たちは記者会見にはまったくの無関係であり、関係者の方々もそう思っていたのだ。

ところが、記者会見の日程に合わせるように命を落とした丈一郎に私は、「丈一郎の役割はこのことだったのかもしれない。もしかしたら、命を落とすことによって、何かすごいことを成し遂げるために生まれてきたのでは……」。そう思えて仕方がなかった。


そして、平成20年3月19日、東京永田町、衆議院議員会館。

テレビや雑誌でしか見たことのない人たちが目の前にいる。すごい場所にいるんだなぁと思った。丈一郎の病気と死が今、ここに導いてくれたのだと思うと、複雑な心境だった。

「今国会にはA、B、Cと3つの案が出ており、A案は、『脳死を人の死』とした上で、家族が脳死判定を拒否する権利を認め、法律で脳死を死と判定せず、選択肢を残す。本人が拒否しない限り家族の同意で脳死判定と臓器提供ができる。臓器提供は15歳以上という現行の年齢制限を撤廃する。

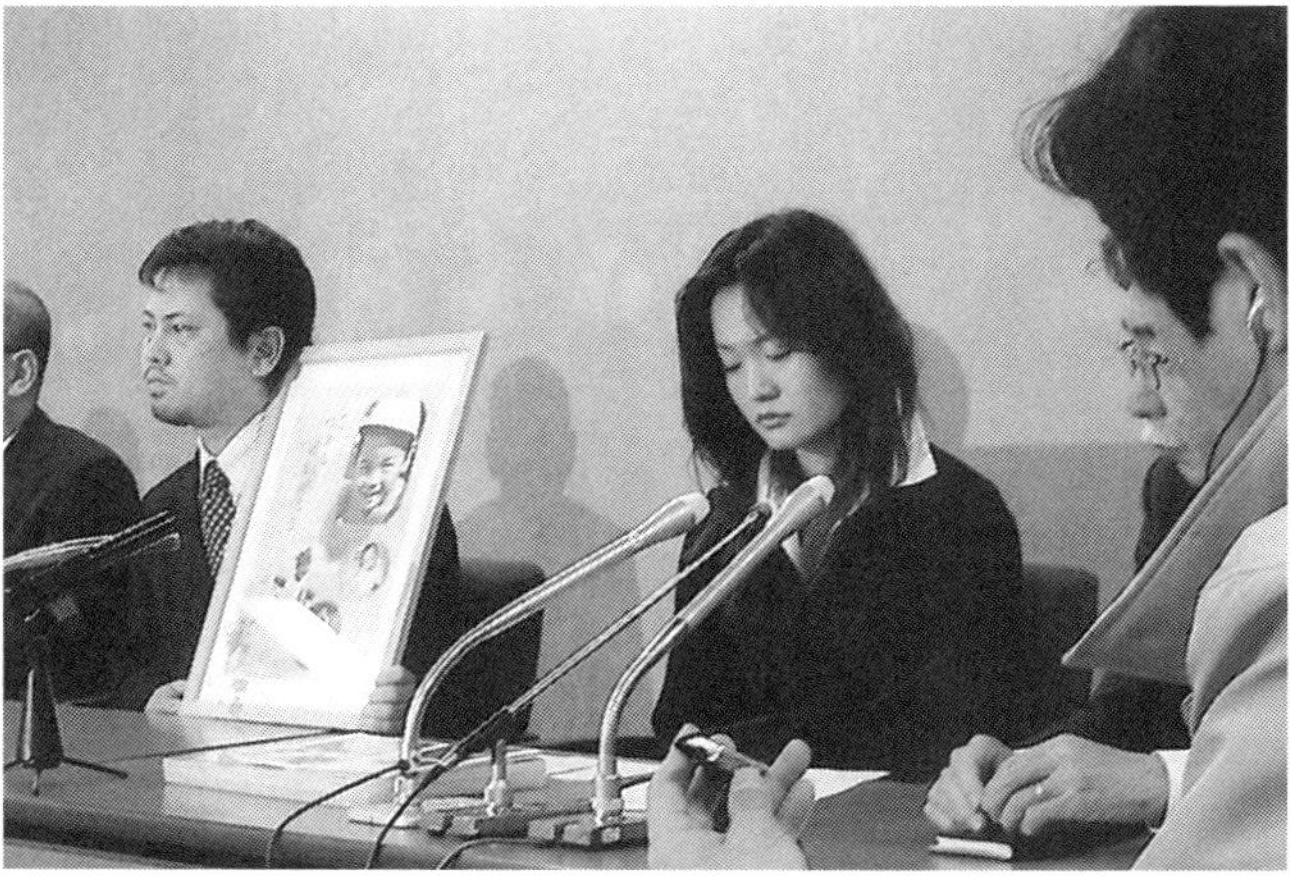
丈一郎の遺影を掲げて記者会見に臨む

Ｂ案は、臓器提供は現行通り、本人の書面による意思表示が必要で、かつ家族が同意したときのみとし、年齢制限を15歳から12歳に引き下げる。

Ｃ案は、現行法よりも、脳死を厳密に定義。脳死判定基準も脳血流の途絶など厳格化し、生体間移植の範囲も狭める」とある。

臓器移植法改正に反対する人たちに妥協した点はあるものの、私たちが訴えるのは当然Ａ案である。

午前10時に国会議員の先生がたと面談し、心臓移植できずに亡くなった遺族の無念さを訴えた。その時に私たちが国会議員の先生がたに宛てた手紙の内容だ。

＊

国会議員の皆様へ

私たちは息子にとって嘘つきです。お医者さまもみんな嘘つきになってしまいました。ドイツに行って手術して元気にしてあげるって約束したのに。渡航に間に合いませんでした。

でも嘘つきになってしまったのは、私たちのせいではありません。本当の嘘つきは国会議員の皆様です。日本の法律のせいで、たった9年しか生きられなかった息子に謝っていただけないでしょうか。

一番大切な命にかかわっている問題にもかかわらず、なぜ10年もの間、他人事のように放置できたのでしょうか。息子は幼いながらに生きるため、海外での心臓移植に最後の望みを託し、1年3ヶ月の間厳しい水分、塩分制限に耐え、必死に心臓を守ってきました。

たった9歳の子どもが大人でも辛い制限と闘ってきました。日に日に弱っていく体でどんなに不安で、どんなに恐怖だったでしょう。しかし諦めずに苦しい治療をしてきたのは、移植したらまた元の生活に戻れると信じていたからにちがいありません。

　そんな頑張ってきた幼い子どもを想像したとき、どうお感じになりますか。国会議員の皆様、自分に置き換えてみてください。９歳の子どもやお孫さんがいる方もあると思います。死なずにすむ病気が法律によって助けられない、死ぬしかないなんて、こんな馬鹿なことってあるでしょうか。

　特に今の法律の現状では、心臓移植が必要な子どもはまず日本で助かる道が閉ざされています。少子化対策と色々考えておられるようですが、法律により子どもは死を待つしかないのです。今されていることは、矛盾していると思います。まず命あってこそ、命がなければ子どもの未来はないのです。国会議員の皆様には命を救う義務があります。お願いです。どうか早急に審議していただけないでしょうか。

　こうして手紙を書いて訴えたところで、死んだ息子が帰ってくるわけではありません。

　しかし、数日前に命を落とした息子に代わって私が筆を執りました。同じように命を落とす人が出ないよう、今すぐ変えてほしいのです。

誰が、いつ心臓移植が必要になるかわかりません。もし皆様の愛する人がそうなったとき、急に心臓移植の法律に関心をもち、何とかしようというようなことは止めていただきたい。

息子は法律によって殺されたといっても過言ではありません。どういった理由で十数年間も放って置かれたのかは知りません。その間に何千人の方が同じ思いで命を落としていったか……。なぜ法律で死ななければいけなかったのか、今でも何千もの家族が法律をうらんでいるでしょう。その時ばかりはきっと日本人であることをうらんだに違いありません。

拡張型心筋症は海外では移植する病気と説明していますが、移植が法律で認められていない日本では、お亡くなりになる病気と説明するお医者さまもいらっしゃいます。今の日本は世界でも最高の医療技術があり、保険の制度がありながら、法律によってそれができないのです。納得できません。

国会議員の皆様は色々な問題をかかえて大変なのかもしれません。でも本当はみなさん幸せなのだと思います。

きっと国会議員の皆様の愛する人が、心臓移植が必要になっても「法律で決められているから、仕方ない」って冷静に諦めることができるとおっしゃるにちがいありません。

所詮他人ごとと思っている方もいるかもしれません。しかし、本当に辛い体験をした私たち家族は、そんな皆様のお力にお願いするしかありません。どうか助けられる命をつなぎとめる日本に変えていただきたい。

皆様の原点である、国民の立場になってという気持ちにもう一度立ち返っていただきたい。皆様にはそれができるのです。

自分の最も愛する家族、孫がそうなったら、と置き換え想像し、現実に被害者がどんどん増え続けているのを知って、今度こそ真剣に取り上げでくださると信じています。人間として生きる権利だけは平等であってほしいと願います。

［移植して丈一郎に味合わせたかったこと］

・おしゃべりをするだけでは疲れたりしないこと
・ご飯を食べるだけでは疲れたりしないこと
・お薬を飲むだけでは疲れたりしないこと
・座っているだけでは疲れたりしないこと
・お風呂に入るだけでは疲れたりしないこと
・10歩あるいても疲れたりしないこと
・声を出して笑うだけでは疲れたりしないこと
・漫画の本を持つだけでは疲れたりしないこと
・喉が渇いたらゴクゴク飲んでも心臓は平気なこと
・味の付いたおかずを食べても心臓は平気なこと
・もし疲れても元気な心臓がうまく調節してくれること

[丈一郎に教えたかったこと]

・心臓が元気に動いてくれているだけで普通の生活ができること

・心臓を提供してくださる方がこんな子にあげたいと思うような人間になること
・家族揃っていることが最高に幸せなことであること
・普通に生活していることが奇跡であること
・命を落としたあとでも使命があること
・たった9年間しか生きられなかったけど、何十年も生きている人よりすごいものを残せたこと
・お医者さまはあなたの命を救える力を持っていたこと
・心臓移植はすばらしいこと
・あなたが命を落としたことで、日本を変えようとしていること

＊

私たちの訴えに、大粒の涙をこぼされる方、最後まで話を聞けずに退席される方などおられた。国会議員の先生がたに、遺族の生の声はかなり心に響いたようでした。

そして午後3時からの記者会見場である厚生労働省記者クラブへと向かった。記者

会見場の一室はテレビでよく見ている光景で、緊張はしたものの、不思議と落ち着いて臨むことができた。私たちが丈一郎の遺影を抱き席へと座り、正面にはテレビカメラが6台あり、左右に記者と報道関係者、その後ろの脚立の上からカメラのフラッシュがたかれていたことを鮮明に覚えている。

取材される記者からは、

「子どもさんが亡くなって日も経ってない、気持ちの整理もつかないこんなときに、なぜ議員と面談されたのか……。どんな心境で出て来られたのですか?」と必ず問われました。

私も本心では、「息子の死は宿命だったのだ」と自分に言い聞かせて前向きに生きていきたかった。しかし、「9歳の子どもが心臓病で短い生涯を終えなければならなかった――」と簡単に片付けられない無念の死であったことを、息子の命を救えなかったのは日本の法律に問題があったのだということを皆様に知っていただきたかったからだと答えた。

この後、5月に衆議員超党派議員でつくる臓器移植法改正推進議員連盟が発足し、

6月3日には超党派議員の勉強会である小委員会に参加させていただいた。ここでは元大臣や幹事長などすごい方々が30名ほどおられて、他にも新聞記者やテレビ局などの報道関係者も大勢いた。

3月の国会議員の先生がたとの面談の時より、その数からして法改正が現実のものになってきていると思えてきた。海外への渡航の大変さと残された患者家族の悲しみ、その思いが伝わったようで、たくさんの方が私たちに握手を求めてくださり、励ましてくださった。中には「丈一郎くんのために必ずA案で可決させます」と力強く言ってくださった議員の方もいた。

国会が大きく動き、このまま審議され法改正へと向かうものと思っていたが、日程などの都合により審議されず、秋の臨時国会に持ち越された。6月28日再び東京へ行き、日本移植学会と臓器移植連絡協議会と一緒に、秋の臨時国会で審議され議決されなかった場合、私たちが原告となり国の不作為《ふさくい》によって尊い命が奪われたことを理由に、国を相手に提訴を検討するといった記者会見を開いた。しかし内閣総理大臣辞任などによる政局絡みで国会が空転し、またしても審議されることはなかった。

最近は、周りの方々の温かすぎるお気持ちに、感謝の涙を流すことが多くなった。「何でも協力するからいつでも言ってね」とたくさんの方が言ってくださる。私たちが逆の立場になったとき、こんな言葉が心から言えるだろうか。考えさせられることばかりだ。

そしていつの日か、近い将来法律が改正され、心臓病で移植が必要な闘病生活を送っている患者さん、そして多くの子どもたちにも明るい未来が必ずやって来ると信じ、これからも丈一郎の代弁者として訴え続けていきたいと思っている。

皆様、丈一郎を忘れないでください。時々思い出してください。そしてすべての人に「心からありがとう」。

終わりに

今も、当時を振り返ると、母親として「もう少し深刻に考えていればもっと長く生きられたかもしれない」という思いで胸が締め付けられそうになる。病気を理解した今、「ああ、あの時こうしていたら、もっと命が延ばせたかもしれない」と思うこともある。

もう、思い出したくない辛い思い……。こうして文章にすることで、そのときの記憶がよみがえってくる。でも、丈一郎はもっともっと辛かったことだろう。

私にしてあげられることは、悲しみを乗り越えて書き綴り、丈一郎の頑張った姿をみんなに残すことだと、筆を執った。

この原稿を書きながら、笑顔になったり、涙したり……。胸を引き裂かれるような思いに何度も筆が止まったが、息子丈一郎が生きた意味、生きた証を書き残すことができ、本当によかったと思っている。

丈一郎と共に過ごした闘病生活の中で、たくさんの人と出会った。その中には、心臓移植が必要で待機されている方、海外へ渡航された方、お亡くなりになられたご家族の方などもいらっしゃった。そうした人たちと出会う中で見たこと、聞いたこと、感じたこと、体験したことをストレートに書いた。丈一郎が最後に残したメッセージとして受け止めてもらえればと思う。

そして、今から何年かたって臓器移植の話になった時、がんばった丈一郎のことを思い出していただければ、これ以上のことはない。

今、振り返れば丈一郎が病気をしてから、数えきれない人との奇跡の出会いがあった。「1人の子どもの命を救いたい」というとても優しい、あたたかい方々に励まされ、見守られ、本当に幸せだった。

そういう意味では9年間という短い一生ではあったが、辛く悲しいばかりの一生ではなかったようにも思う。私たちも生きている幸せを感じながら、丈一郎の分まで前向きに生きていこうと思う。

最後まで読んでいただき、ありがとうございました。

２００８年12月

石川優子

解説　拡張型心筋症とは

大阪大学移植医療部　福嶌教偉

拡張型心筋症《かくちょうがたしんきんしょう》という名前は、一般の方には耳慣れないと思います。しかし、その頻度は決して少なくなく、日本の統計では人口10万人あたり14・0人といわれています（実際は、無症状の人も多いので、もっといると考えられています）。

その内、子どもの時期に発症するのは、人口10万人あたり1人未満といわれています。大人の場合には、運動したときの息切れや動悸（ドキドキすること）、むくみなどが最初の症状ですが、子どもの場合には、咳、息切れなどの風邪症状であったり、腹痛であったり、ミルクのみが悪かったり、体重が増えなかったりします。いろいろな症状が出るので、見落としやすく、診断がついたときには重症化していることも少なくありません。

診断は、胸部レントゲン検査で心臓の拡大を認め、心臓超音波検査で心臓が拡大し、収縮力が低下していることで行います。確定診断は、心臓の筋肉の一部を採取して、顕微鏡でみて診断します。しかし、子どもさんの場合は、心臓の壁が薄く、この検査をするのは危険ですので、この検査（心筋生検《しんきんせいけん》といいます）をせずに、拡張型心筋症と診断されることが多いのです。

ウイルス性心筋炎《せいしんきんえん》も似たような症状や検査所見が出ますが、発熱などの明らかな感冒様症状を先に認めることが多いのです。ウイルス性心筋炎は多くの場合改善しますが、拡張型心筋症は徐々に悪化していきます。冠動脈《かんどうみゃく》が肺動脈から出ている特殊な先天性心疾患でも拡張型心筋症のような症状や所見を認めますので、乳幼児では冠動脈の異常がないかを診断することは重要です。

拡張型心筋症の多くは原因不明のため、特発性拡張型心筋症（特発性とは原因不明のこと）とも言われます。中には遺伝性疾患（筋ジストロフィー、アミロイド病、糖原病《とうげんびょう》など）、薬剤（白血病に用いる抗がん剤など）、弁膜症《べんまくしょう》や先天性心疾患、ウイルス性心筋炎、肥大型心筋症などが原因となっているものもあります。

治療は、まずは安静、水分制限を行い、心不全症状《しんふぜんしょうじょう》が強いと、利尿剤《りにょうざい》、ジギタリス製剤、アンギオテンシン変換酵素阻害剤《へんかんこうそそがいざい》（ＡＣＥ阻害剤）、β遮断剤などを用いて治療します。

大人の場合には、許容力が大きく十分な量の薬剤を投与できますので、70―80％の人が治療に反応し、改善します。しかし、子どもさんは体力がないので、十分な量の薬が投与できずに、心不全が悪化することが多い特徴があります。このような内科的治療がうまくいかなければ、心臓のかわりに血液ポンプの働きをする補助人工心臓《ほじょじんこうしんぞう》を装着したり、心臓移植が必要になったりします。

丈一郎君の場合には、心臓の蛋白《たんぱく》を攻撃する抗体《こうたい》（外界から体内に入ってきたものをやっつける蛋白質）を持っていました。多く（20―80％と論文でまちまち）の拡張型心筋症の患者さんが、何らかの心筋の蛋白に対する抗体を持っているといわれています。

ベルリンのヘッツアー（Hetzer）教授のグループは、補助人工心臓を必要とするような重症の拡張型心筋症の患者の20％にアドレナリンβ受容体に対する抗体が検出され、補助人工心臓装着後心機能が改善してくると、その抗体の量が減ることを発見しました。抗体が、拡張型心筋症の原因なのか、結果なのか、いまだに分かっていませんが、この抗体を特殊な吸着《きゅうちゃく》カラムを用いたり、血漿交換《けっしょうこうかん》をしたりすることで、拡張型心筋症が治るのではないかと考えたのです。

そこで、17人の拡張型心筋症の患者さんに内科的治療に加えて抗体吸着を行ったところ、抗体吸着を行わなかった人より心機能が改善したのです。ただ、この治療はまだ確立されておらず、抗体の少ない人では効かないと考えられています。

この結果を受けて、日本では北里大学・慶応大学のグループが抗体吸着療法を始めています。しかし、まだ確立された治療ではなく、子どもさんは許容力が小さいので、両方の施設とも子どもさんの吸着療法は行っていません。いま子どもで実施しているのは、先ほど紹介したヘッツアー教授のいるベルリン心臓研究所だけです。

さて、私が丈一郎君の紹介を主治医の須田憲治先生から正式に受けたのは2007年5月11日でした。学会場で須田先生からそのような子どもさんを診ていることはお聞きしていましたが、そのときより心不全は悪化し、心臓移植の必要性が出てきたので連絡をいただいたのです。すでに内科的治療の限界に近い状態でしたが、ご家族・ご本人の心臓移植治療の受け入れのできていない状況での連絡でしたので、なるべく心臓移植以外の治療法を選択することを考えました。

5月22日に病院にお伺いし、丈一郎君にお会いしました。確かに限界に近い状態でしたが、もう少し水分制限を徹底すれば、良くなる可能性もあると考え、本人にはとても辛かったことと思いますが、そのようにお話ししました。たとえ、心臓移植が必要な状況になっても、患者さんも、家族も心臓移植をすることをなかなか容認できないことが多いのです。ですから、できるだけのことをしていただき、それでも駄目なら、心臓移植を受けるというふうになるのです。

その後、水分制限を徹底し、丈一郎君が自宅に帰られた頃、インターネットでご両親は、抗体除去療法が日本でも行われていることを見つけてこられ、須田先生にご相談されました。そこで、須田先生から6月13日にメールがありました。ちょうどその日、私は、エベロリムスという新しい免《めん》疫抑制剤《えきよくせいざい》の現状を研修するために、ベルリン心臓研究所を訪問していました。

そこで、実際に抗体吸着療法を行っているレームクール（Lehmkuhl）先生に抗体吸着の現状を確認したところ、小児例でも改善する症例が多く見られるということでした。そのことを須田先生にお知らせしたところ、須田先生は丈一郎君の抗体量を測定されました。すると、抗β_1受容体抗体が２００倍（強陽性）だったのです。そこで、北里・慶応大学に抗体吸着療法を依頼したのですが、子どもさんはできないという返事をいただいたと聞いています。

その後、約5ヶ月間内科的治療を行いましたが、心不全は再度悪化し、ついに心臓移植を行わなければならない状況になってきました。そんな折、連絡があり、11月26日にご両親に大阪大学附属病院まで来ていただき、お話をしました。私は、ベルリンであれば、抗体吸着療法もできるし、だめでも心臓移植を受けられるので、ベルリンに渡航することをお話ししました。

抗体吸着で必ず治るとまでは言っていない（治ることもあると言った）のですが、藁をもすがるご両親にはそのように思えるほどの希望を与えたのだと思います。その上で、12月13日に再度丈一郎君に会いに行きました。

この本に書かれているとおり、私は丈一郎君にドナーからいただいた心臓を大事にできるかどうかを確かめました。あえて残酷な質問をしたのは、移植医療は他の治療と異なり、見知らぬ人を救おうとするドナーの存在があるからです。愛するわが子が脳死になり、その悲惨な状況で、他の人を助けるために、愛するわが子の心臓を提供してくださるご家族がいるからです。もちろん、小さな子どもさんには確認しませんが、感謝の気持ちを持っているかどうかを確認しなければならないのです。

心臓移植をすると、本当に元気になります。しかし、拒絶反応や感染症を起こすと、途端に悪くなり、死んでしまうことも少なくありません。普通の治療であれば、本人がいやだったら治療を中止したり、約束事（手洗い、うがいの励行、生ものの摂食禁止など）を守らなかったりして、死んでしまっても仕方がないことですが、移植医療はドナー、そしてそのご家族のことを考えると、そういうわけにはいかないのです。

特に思春期の子どもさんは十分に理解していていただかないと、免疫抑制剤の副作用で毛が濃くなったり、体が丸くなったり、ニキビができたりしたときに、いやになって薬をやめてしまうのです。本当に辛いことですが、移植を決意する前に感謝の気持ちを持っているかどうかを、何らかのかたちで確認しなければなりません。

そのとき、この本に書かれているように、丈一郎君に「くそじじい死ね。あっち行け」と言って、蹴られてしまいました。そのときの丈一郎君は、本当にしんどくて、辛くて仕方がなかったのでしょう。そして、私の顔を見て、自分の命が危ういことを実感し、思わず、そう言ったのでしょう。もちろん大人でこのようなことが続けば、移植を考えることはありません。子どもにとってとても大変なことと思いますが、一度自分の状況を納得し、その上でどうするかを決めていただくしかないのです。

海外渡航心臓移植の場合でも、募金などを開始する前に、日本循環器学会心臓移植委員会適応検討小委員会で審議いただき、心臓移植の適応の判定をもらうことになっています。海外の施設の立場から言えば、そのようなものはいらないのですが、本当に心臓移植が必要であるというお墨付きなしに募金を始めると、見知らぬ、心ない人たちから、詐欺師呼ばわりされてしまうのです。また、募金もスムーズに集まりません。

この委員会の承諾を得たのは、12月26日でした。これと併行して、ベルリンに心臓移植を受けさせてほしいとお願いしました。しかし、なかなか返事をいただけませんでした。小さな日本人の女の子がベルリンに行ったところで、その子どもさんの状態がまだ落ち着いていなかったことが影響したのでしょう。でも、他に抗体吸着をしていただけるところもありませんでしたので、非常に辛かったのですが待つことにしました。

1月末になり心不全はさらに悪化し、再度ベルリンに打診しましたが、ベルリンから快い返事はいただけませんでした。そして、2月3日の節分の日に丈一郎君は心停止となり、補助人工心臓が装着されたのです。田山先生のご努力で、一命をとりとめ、2月13日再度丈一郎君に会いに行きました。ベルリンから返事がないため、田山栄基先生が他の施設への打診を始められました。しかし、あまりにも重症なため、どこも引き受けていただける状態にはなりませんでした。そして、2月24日に天国に旅立ってしまったのです。

その知らせを聞いたとき、本当に情けなくて仕方がありませんでした。涙も出ませんでした。移植医療にとってご家族・ご本人の意思は非常に大事で、不可欠なものですが、無理やり2007年5月に心臓移植を受けろと勧めるべきだったのだろうかと、後悔しました。でもそれだけはできないのが、移植医療だと思います。家族と本人が移植を受けることを十分に理解しない限り、心臓移植を受けても良くならないからです。また、ドナーとそのご家族に申し訳ないからです。

拡張型心筋症はだれでもがかかる病気です。そして決して頻度は少なくありません。なぜそれなのに、他人事のように人は考えるのでしょう。海外渡航移植は賞賛して、国内で小児の心臓移植を進めることを罪悪のように言う人たちもたくさん見られます。このようなことは許されるのでしょうか。

２００８年５月に国際移植学会と世界保健機構（ＷＨＯ）が共同声明を出し、死体臓器移植をすすめ、自国内で移植することを推奨しており、今後海外渡航の門戸はさらに狭くなることが予想されています。

日本人を日本人が救える国、そして小さな子どもさんが心臓移植を受けられる国に早くなってくれることを祈り、この稿を終えます。

丈一郎君、私がいろいろ守れと言って、本当に辛かったでしょうね。鬼に見えたでしょうね。本当にごめんなさい。もう何を好きにしても良いからね。

丈一郎の病気発症から亡くなるまで

平成17年（２００５年）

4月　小学校入学時の心電図検査に異常が見られたため、久留米医師会館での2次検査（エコー検査）で弁の逆流を指摘されるものの、運動や日常生活に支障はないといわれる。

平成18年（２００６年）

9月　定期的な検診を勧められていたため、新古賀病院を受診。検査の結果、一部に心臓の壁が薄くなっているのが見つかり、福岡市立子ども病院を紹介される。

10月　こども病院での検査の結果、心臓の動きに異常はないが心筋症（肥大型、拡張型、拘束型《こうそくがた》）のいずれかの疑いがあるといわれる。この時特に薬などなく運動制限を課せられる。

12月下旬　急激な体重の増加とともに顔や体のむくみが見られた。聖マリア病院を受診、ネフローゼ症候群（腎臓病）と診断され、同時に心不全をおこしていると言われる。この時は心筋炎の可能性が強かった（心筋炎だと通常2週間ほどで心機能は改善されるとのことだった）。

平成19年（2007年）

1月中旬　むくみも引きネフローゼも落ち着き、プレドニン（ステロイド剤）を半年間服用することになる。同時に心機能の働きは低下したまま戻らず拡張型心筋症と診断される。レニベース、アーチスト、ラシックス、アルダクト、アスピリン、プレドニンを服用し退院の許可が出る。

2月　2週間ほど自宅で療養後、学校へ復帰するが4日間しか登校できず、うち3日間は吐き気、動悸、息切れ、胸痛、倦怠感により、保健室から連絡が入り迎えに行く。咳が強烈に出はじめる。

3月5日　久留米大学病院を受診。心機能が再び悪化しており再入院。今後の経過を観察するとのこと。このとき拡張型心筋症の1年生存率は50％との説明を受ける。新たにルプラック、ワーファリン、ジゴシンの服用が始まる。ＢＮＰ３５００。

5月23日　大阪大学医学部附属病院より心臓血管外科の福嶌教偉先生に、状態を見に来ていただいた。この時、水分、塩分制限（1日に水分500シーシー、塩分5グラム）となる。
6月21日　東京の北里大学北里研究所病院の血液検査で抗βアドレナリン受容体抗体の検査で陽性と判断され、自己免疫疾患（自分で自分の心臓を破壊してしまう）の可能性が考えられた。
10月8日　容態が安定していたため7ヶ月ぶりに退院。20日間家で過ごす。
10月27日　急に容態が悪化し再入院。点滴にミルリーラが加わる。移植登録をしておいたほうがいいと言われる。
11月12日　九州大学病院へ移植登録のため検査入院。
11月20日　心筋生検、カテーテル検査。余命1年と宣告される。
11月26日　大阪大学医学部附属病院を受診。海外で心臓移植をしたほうがいいと言われる。
12月4日　検査も無事に終わり、久留米大学病院に戻る。
12月13日　日本循環器学会心臓移植委員会適応検討小委員会へ承認申請と同時に、移植への意志再確認が行われ、ドイツのベルリン心臓研究所への受け入れを打診していただく。
12月15日　久留米大学病院に、ソフトバンクホークスの選手がお見舞いに来てくださった。
12月26日　日本循環器学会心臓移植委員会適応検討小委員会より、心臓移植の適応と承認される。
12月27日　深夜、就寝中に不整脈が出る。

平成20年（2008年）

1月8日　補助人工心臓装着についての説明を受ける。BNP7980。

1月20日　内服薬アンカロンを追加。

1月23日　血圧が下がり強心剤を投与、集中治療室で経過を見るとのこと。

1月27日　倦怠感を訴え、食欲がなくなり嘔吐を繰り返す。

2月3日　腹部の激痛とともに致命的な不整脈を頻発し、意識がなくなり一時心停止となる。補助人工心臓を植え込む手術が行われ一命をとりとめた。

2月5日　右心室不全により左心室に植え込んだ補助人工心臓がうまく機能しておらず、再び手術（右心室に器械を植え込み、バイパスをつくり肺動脈につなぐ）血液の流れを変え、循環動態《じゅんかんどうたい》をよくするとのこと。6時間にわたる手術だった。手術後しばらくして胸壁《きょうへき》より出血がみられ、止血のため3度目の手術。

2月24日　容態が悪化し、心不全増悪《ぞうあく》により深夜1時05分天国に逝く。

著者略歴

石川優子（いしかわゆうこ）

一九七一年福岡県大牟田市生まれ。

現在は久留米市在住。

心からありがとう

二〇〇九年二月二〇日　初版第一刷発行

著　者　石川優子

発行所　株式会社はる書房

〒一〇一－〇〇五一　東京都千代田区神田神保町一－四四　駿河台ビル

電話・〇三－三二九三－八五四九　FAX・〇三－三二九三－八五五八

http://www.harushobo.jp/

編集協力　石川祥行

制作協力　三渕亨　ミフチ印刷紙器有限会社

装　幀　三橋彩子

組　版　閏月社

印刷・製本　中央精版印刷

ISBN 978-4-89984-100-5　C 0036

はる書房の移植医療関連書籍

移植から10年

肝移植　私は生きている——わが国の成人肝移植例では最も長期の生存を続けた著者の移植体験記であり、ウイルス性肝炎による肝硬変で苦しむ人々に明日への生きる希望を与える書。

□青木慎治著／四六判並製・248 頁・本体 1200 円

医師との対話 ［オンディマンド版］

これからの移植医療を考えるために——海外での移植を選択した３組の家族がそれぞれ医療の現場で体験した悩みや不安、医師との関わり方の難しさ、「医療」そのものに対する思いを、医師へのインタビューのなかで自ら明らかにしていく。

□トリオ・ジャパン編集／ A5 判並製・352 頁・本体 2400 円

恵みのままに

あきらめの医療からめぐみの医療へ——家族へあてた日記が物語る、在日韓国人の「私」が韓国での脳死肝移植にかけるまでの日々——見ず知らずの人たちとの“めぐみ”の出会いが、末期の肝硬変で死を待つだけの私にもう一度生きる“希望”を与えてくれた。

□李　在俊著／四六判並製・224 頁・本体 1200 円

生きたい！ 生かしたい

臓器移植医療の真実——「移植のほかに治療法がない」、重い心臓病や肝臓病などに、あなた自身が、あるいは家族のひとりが倒れたなら、どうしますか？　本書では、移植という選択をした患者やその家族が体験する必死の闘いについて、様々な著作から引用・転載するかたちでまとめています。

□トリオ・ジャパン編集／四六判並製・240 頁・本体 1400 円